嫌い、王家を裏切った聖騎士が、愛を囁いてくるまで

江本マシメサ

Mashimesa Emoto Presents

fairy kiss

この作品はフィクションです。
実際の人物・団体・事件などに一切関係ありません。

私を嫌い、王家を裏切った聖騎士が、
愛を囁いてくるまで

fairy kiss

第一章　王女は自らを捧げる

幼少期の忘れられない思い出――。

五つ年上の美しき従兄《いとこ》、レイナートは私の前に片膝を突き、鋭敏《えいびん》な青い瞳を真っ直ぐに向けながら私に誓った。

「ヴィヴィア、あなたを命に代えても守ります」

当時、私は八歳、レイナートは十三歳だった。

金を紡いだような美しい髪に、才能と知恵の象徴にも見える青い瞳を輝かせた美しい彼が、なぜ私に尽くしてくれるのか、そのときはまったく理解していなかった。

レイナートとの出会いは、実を言えば記憶にない。物心ついたときには、すでに傍《そば》にいたのだ。

彼は私のお目付役兼遊び相手としてそこにいたらしい。

時に厳しく、時に優しく、公正な態度で接してくれる彼のことが、私は大好きだった。

そんなレイナートが実は八歳の頃から騎士を目指し、厳しい訓練に明け暮れていたことなど知る由《よし》もなく、突然従騎士の制服に身を包み、私の前に現れたときは驚いたものだった。

だんだんと一緒に過ごす時間が少なくなり、私が寂しいと零した日、彼は私を命に代えても守ると固く約束した。

従騎士だったレイナートは本気だったようだが、幼い私はただのごっこ遊びとしか思っておらず、偉そうに言葉を返す。

「レイナート、わたくしだけではなく、国王となったお兄さまも守ってくださいな」

そんな我が儘《まま》に、レイナートは言葉を返した。

「それでは、アーデルヘルム殿下も、誠心誠意お守りいたします」

「あら、その言い方だと、お兄さまはおまけのよう」

「私はヴィヴィアの騎士ですので」

レイナートはずっと俯き、普段、他人になど絶対に見せない首筋を露わにしていた。うなじにはホクロがあった。きっと永遠に誰も知ることがない秘密だろう。

レイナートは言っていたのだ。自らを〝ヴィヴィアの騎士〟だと。

それなのに――レイナートは裏切る。

両親が屍食鬼《グール》に襲われ、共に命を落としたという大変なときに、彼は王家と対立関係にある大聖教会のトップである枢機卿の聖騎士となったのだ。

屍食鬼というのは、人々を喰らう魔物である。三百年ほど前から我がワルテン王国だけでなく、世界各国に出没し、噛まれた者は三日以内に干からびて死に至るというおぞましい存在だ。

そして彼らから受けた傷を唯一治せるのが、大聖教会の錬金術師が作る〝聖水〟なのだ。

両親はある理由から聖水による治療を拒絶し、そのまま帰らぬ人となってしまった。

国王と王妃が崩御《ほうぎょ》したため、急遽兄アーデルヘルムが即位することとなった。

当時、十八歳だった兄は病弱で、玉座に座るだけでもやっとという状態だった。

それでも、彼は立派に戴冠式をやり遂げた。

これから大変だろうが、レイナートと三人で力を合わせて頑張ろう――なんて話していたのに、レイナートは王家を裏切って大聖教会側についたのだ。

なぜ、どうして？

疑問は尽きないが、レイナートに何度手紙を書いても返事なんて届かなかった。

今思い返すと、父や母が亡くなる少し前――王弟夫妻であるレイナートの両親が亡くなったときから変化の兆しがあった。思い詰めたような表情を浮かべるのになんでもないと言ったり、私のもとへ訪れる回数が極端に減ったり。

彼は突然心変わりをしたのではないのだろう。何はともあれ、私たちは裏切られたのだ。

レイナートとの離別に絶望し、涙した。自分の半身を失ったと思うくらい、辛《つら》く悲しい出来事だった。彼が私のもとを立ち去ってから気付く。レイナートに対する大きな好意は恋だったのだ、と。

初恋は叶《かな》うものではない、という先人の言葉を思い出す。ただ、こういう形で恋が破れるのは、あまりにも辛かった。

けれどもそれから五年も経《た》てば悲しみや絶望は、レイナートや大聖教会なんかに絶対に負けない、という別の強い感情となる。

それを奮起する力とし、私と兄はなんとかやってこられたのかもしれない。

ただ、対立しているとはいっても世の平和のため大聖教会と表立って事を構えるわけにはいかない。かといって強硬な反大聖教会政策を唱える枢密院《すうみついん》を抱えて穏健な姿勢を貫くのも、そろそろ限界だった。

兄は五年の時を経て、憔悴《しょうすい》しきっていた。

このままではいけない。そう思いつつも、具体的な解決策は思いつかないまま――。

枢密院の過激な議員たちの間では大聖教会の枢機卿の暗殺計画までちらつくようになり、全力で阻止することもあった。そんな状況の中、大聖教会より和平交渉が持ちかけられた。

和平の条件は、私と六十代の枢機卿の結婚であった。私が頭を抱えたのは言うまでもない。

枢機卿――バルウィン・フォン・ノイラートとの結婚なんてありえない。兄や枢密院も大反対だった。けれども双方の平和的な関係を取り持つためには、私と枢機卿の結婚は確かに妙案だろう。

そもそもなぜ、大聖教会と枢密院の関係は悪化してしまったのか。それに関しては、歴史を遡《さかのぼ》らないといけない。

その昔、ワルテン王国は教皇をトップとする大聖教会の支配下にあった。しかしながら教皇は当時の王妃に横恋慕し、権力を振りかざして手を出したのだ。

それを知った国王は激怒し、それがきっかけで内戦となった。

教皇は失脚――同時に、大聖教会はワルテン王国の支配下に置かれるという、立場の逆転が起こったのだ。

以降、大聖教会のトップは枢機卿とされ、教皇が立てられることはなかった。教皇はあくまで国王の上の立場と定められていたからだ。

大聖教会側はこの措置をよく思っておらず、対立関係が長年にわたって続いていた。

それでも教皇の失脚後、大聖教会は勢いを失っていく。

このまま各地にある教会の規模も小さくなっていくだろうと言われていたのに、十五年前に起こった事件により、力関係が大きく変わる。

それは、屍食鬼の大量発生だった。

彼らは突然現れ、人々を次々と襲ったのだ。歴史あるワルテン王国の騎士は太刀打ちできず、見る間に命を落としていった。

そんな中で、国民を救ったのは大聖教会の聖騎士だった。

聖なる力を付与した剣で屍食鬼を次々と倒し、危機に瀕《ひん》した国を救ったのだ。

そして屍食鬼の襲撃により負傷した者たちを、〝聖水〟が癒やす。

救世主とも言える大聖教会は国民からの寄付で経済面を立て直し、あっという間に権威と名声を取り戻したのだった。

聖水は無償ではない。寄付と引き換えである。その金額は金貨一枚と、庶民が一ヶ月働いてようやく支払えるほどの額であった。

ただ、命と引き換えともなれば、安いものだという認識なのだろう。

寄付ができない者は、大聖教会での一年の奉仕と引き換えに聖水を得る。これも、命がかかっていれば、誰もが呑む条件であった。

年々屍食鬼は増え続け、国民は大聖教会の聖騎士と聖水頼りの生活となる。

もちろん、その状況は王家にとって愉快なものではない。

両親はこんな姑息な手段で力を盛り返そうとする枢機卿バルウィンを毛嫌いし、ゆえに屍食鬼に襲われても聖水での治療を拒んだのだ。その結果、命を落としてしまったのだが……。

現在大聖教会側は、結婚の条件を呑んだら国側にも聖水の作り方を提供してくれるという。これまで大聖教会が独占していた利益を、王家も得られるようになるわけだ。

私ひとりが犠牲になるだけで、平和と益がもたらされる。

だからこそ私は了承の意を示したのに、頑固な兄は頷かなかったのだ。

「絶対に、ヴィヴィアをバルウィンなんかに嫁がせるわけにはいかない……！」

徹夜して仕事し、鼻血を噴いてしまった兄は、横になった状態で怒りを露わにしている。

肉付きの悪い細腕が見える度に、心苦しくなった。

病弱で後ろ盾がない兄は、立場がどうしても弱い。けれども、意志は誰よりも強かった。

こうだと決めれば、絶対に揺るがないのである。

だから私と枢機卿の結婚も、何があっても認めないのだろう。

「ヴィヴィアは誰よりも幸せになるべきなんだ」

「お兄さま、ありがとうございます。そのお言葉だけで、わたくしは嬉《うれ》しく思います」

「ヴィヴィア、これは理想を語っているのではない。いつか現実に――げほっ、げほっ!!」

話はここまでだ。今日はゆっくり眠るようにと、布団を深く被せる。

兄は三ヶ月前に結婚したものの、病状は日々悪化するばかり。子どもを作れるような状況ではなかった。

王妃となった義姉《あね》は、きっと居心地悪い思いをしているに違いない。信用している侍女たちをつけ、極力彼女の心に寄り添うように命じている。

「ミーナ、行きましょう」

「はい、ヴィヴィア姫」

侍女を引き連れ、向かった先は会議室である。これから三日に一度行われる議会に臨席するのだ。

普段、私の臨席は認められていないのだが、結婚に関わる話し合いのときだけこうして呼び出される。

兄は今日も臥せっているので、王族からは私ひとりの参加である。

今日も今日とて、枢機卿と私の結婚について不毛な話し合いが行われる。

四十歳以上の貴族から選ばれた、議長、副議長、顧問官からなる五十名で構成された枢密院の人々は、私に陰鬱《いんうつ》な視線を向けていた。

このうち、枢機卿との結婚に賛成しているのは、たった五名だけ。

今はどのようにして断るか、という話し合いを続けている。

こんなことで意見を交わす暇があったら、屍食鬼の被害状況をまとめて支援の手を広げたらいいのに――なんて、口が裂けても言えるわけがない。

私が自由気ままな発言をしたら、兄の立場がたちまち悪くなる。己の考えは慎重に口にしなければばならないのだ。

今日は議長と副議長の顔色が真っ青である。どうかしたのだろうか。尋ねる前に、彼らはそうなった理由について語り始める。

「実は、枢機卿の暗殺計画が、大聖教会側に露見してしまった。水面下で、聖騎士たちの謀反が話し合われているという」

今の状況で聖騎士の襲撃を受けたら、こちら側はたまったものではない。

すぐにでも私と枢機卿の結婚話を進めるべきだと思ったが——その意見に賛成する者はいなかった。

結婚に賛成できないが、代替案は誰も考えつかない。このままでは、本当に聖騎士たちが王宮へ押しかけてくるだろう。

その先に待っているのは——教皇の復活に違いない。

枢密院の者たちが結婚を反対する理由は、ここにある。ワルテン王国の王女である私が枢機卿と結婚し子どもでもできたら、教皇復活に一歩近づくのだ。

もちろん、私は枢機卿の思い通りになんかさせない。身分は返上するつもりだし、仮に子どもができたとしても、王位継承権は持てないよう契約するつもりである。

考えもなしに、結婚すると言っているわけではないのだ。

このままでは、永遠に打開策について話し合う羽目になるだろう。まったくもって時間の無駄だ。

そう思って、結婚以外の代替案を挙げてみた。

「では、わたくしが大聖教会へ奉仕に行く、という方向性でご納得いただけないでしょうか？」

「王女殿下が奉仕活動をするだと⁉」

「ワルテン王国の王女が、大聖教会にへりくだるなんて、あってはならない」

しつこく言い立てる声に我慢できなくなり、テーブルを拳でドン！ と叩《たた》く。すると瞬時に静まった。

「もうすでに、国や各々《おのおの》の自尊心や立場を気にしているような状況ではないのです。王家だけでなく、国家そのものの存続の危機が迫っております。一刻も早く、内戦が起きないように手を打たなければなりません。わたくしは大聖教会へ行きます。そうして時間を稼いでいる間に、よき解決方法を考えておいてくださいませ！」

もうこれ以上話すことはない。そう思い、会議室から去った。

私室に辿り着いた瞬間、膝の力が抜けてその場に頽《くずお》れる。

「ああ、ヴィヴィア姫！」

ミーナが体を支え、顔を覗《のぞ》き込む。

「顔色が真っ青です。それに、お手が――」

叩きつけた拳が、真っ赤になって腫《は》れていた。ミーナはすぐに氷嚢《ひょうのう》を用意し、冷やしてくれた。

沸騰《ふっとう》していた頭が落ち着くと、気がかりな問題について思い出してしまった。

大聖教会には、レイナートがいる。私を見つけたら、何を思うだろうか。

彼のことだ。私のことなんてなんとも思わず、無視するかもしれない。

それを思うと、水溜まりを知らずに踏んでしまったような、なんとも言えない気持ちがこみ上げてくる。

レイナートについては考えるだけ、無駄だろう。それよりも、今できることをしなくてはならない。

「お兄さま……陛下に手紙を書きませんと」

「え、ええ」

もう休んでいるだろうから、面会に行ったら負担になるだろう。そう思い、議会での発言を手紙に認《したた》め、兄に伝えた。

その後、湯を浴びてから布団に潜り込む。ぐっすり眠れるほど、私は強くなかった。

◇◇◇

翌日、兄と話し合い、大聖教会への奉仕活動が正式に決まった。

ひとまず、私の王族という身分は返上することにした。そうすれば、枢機卿と結婚することになったとしても、教皇復活への足がかりにはならないはずだ。兄は反対するかもしれないと思ったものの、私の覚悟を理解し許可してくれた。

意外なことに枢機卿もこの件に関して納得し、双方の関係が良好になるように導く平和の使者として、私を受け入れてくれるという。聖水の作り方の提供については、奉仕期間中の交渉次第ということになった。

ミーナも一緒に奉仕活動に参加してくれるようで、それだけは心強かった。

大聖教会へ向かう当日、兄は私を抱擁し、わんわん泣いていた。

「ヴィヴィア、すまない。わ、私が弱いばかりに――！」

「どうか、どうかお気を病まずに……」

ぐすぐすと涙ぐんでいた兄が、耳元で囁《ささや》いた。

「ヴィヴィア、どこへ行っても、お前が信じたいと思うものを、信じ続けるんだよ。そうすれば、きっと救われるから」

それはどういう意味なのか。わからなかったが、時間がないので頷いておいた。

兄から離れると、今度は義姉が私のもとへ駆け寄って抱きついてきた。

ワルテン王国よりはるか大国から嫁いできた彼女と話した覚えなんてほとんどない。

もしかしたら嫌われているのかもしれない。

そう思っていたのだが、それは間違いだったらしい。何も思っていなかったら、このまま送り出しただろうから。

義姉は涙ながらに訴える。

「ごめんなさい！　あなたを守ってあげられなくて！」

こんなに私を想《おも》っていてくれたなんて、今まで気付かなかった。胸がじんと熱くなる。

「わたくし、王妃殿下に嫌われていると思っておりました」

「嫌いなわけないわ。仲良くしたかったけれど、実の弟妹ですら、どう打ち解けていいのかわからなかったくらいで」

とてつもなく不器用なお方だった、というわけだ。出発前に誤解が解けてよかった。

義姉は最後に、「これまでありがとう」との言葉を残し、離れていった。

いつか再会したときには、本当の姉妹のようにお喋《しゃべ》りできるだろうか。そんな未来を、ほんのちょっとだけ願ってしまった。

長年、慈善活動以外で王宮から出た覚えなどなかった私が、大聖教会に行くために外の世界へ一歩踏み出す。

奉仕の期間は定められていない。謀反を起こさない条件として、人質となるのだろう。

それでもいい。兄の治世が少しでも平和になるのならば。

今回の決定を、元王女として誇りに思っている。


大聖教会の総本山たる大聖堂は、ワルテン王国の郊外に建つ。馬車で一時間半といったところか。

王宮の前に大聖教会側が用意した、純白の馬車が停まっていた。周囲には護衛の聖騎士たちが白馬に跨《また》がっている。

馬車からひとりの騎士が、マントをひらりと翻《ひるがえ》しながら降りてきた。

白い聖騎士の制服に身を包む、背が高い青年である。

絹のように艶《つや》やかな金の長い髪が風に揺れた。

その姿を確認するのと同時に、声をあげそうになる。目の前に現れた美貌の青年に、見覚えがあったから。

「あなたは――レイナート!?」

目が合った瞬間、懐かしさがこみ上げ、胸が温かくなる。彼と過ごした懐かしい日々が脳裏に浮かんだ。

もう何年も会っていないのに彼の言葉が、温《ぬく》もりが、優しさが、楽しかった毎日が鮮明に甦《よみがえ》ってくる。

ただ姿を目にしただけだったのに、どうしてか涙が滲《にじ》んできた。

感極まった私の反応を見た彼は、ふっと口元に笑みを浮かべる。それは、再会を喜ぶ微笑《ほほえ》みではない。他人を小馬鹿にするような嘲笑であった。

それに気付いた瞬間、熱がスーッと引いていく。懐かしい記憶も、どこかへ消えてなくなった。

レイナートは冷え切った瞳を私に向けつつ、声をかけてくる。

「飛んで火に入る夏の虫、というのは、あなたみたいな女性《ひと》を言うのでしょうね」

「虫？　わたくしが？」

あまりにも失礼な発言に、唖然《あぜん》としてしまった。虫扱いされたことなど、生まれて初めてである。

世間知らずのお姫様が、ただ目先の問題を解決するために大聖教会に行くとでも思っているのだろうか？

王女の立場と王位継承権は返上したし、大聖教会で奉仕をしつつ、結婚することだって視野に入

れている。

もし子どもが生まれた場合、親権は国王及び王妃のものとなるという決まりも作った。

別に、何の考えもなく大聖教会へ行くわけではないのに……。

「わたくしは――」

「早く行きましょう。ここで話すのは時間の無駄です」

レイナートは冷たく言い放ち、私の返事を聞く前に踵《きびす》を返す。なんだか悔しくなって、私は走って彼を追い抜き、先に馬車へと乗り込んだ。

レイナートは呆《あき》れた表情を浮かべつつ、馬車に乗る。

私を視界に入れたくないのか、斜め前に位置する座席に腰かけ、窓の外を眺めていた。

最後にミーナが乗る。車内の険悪な空気を感じとったのか、気まずそうに肩を竦《すく》めていた。内心、申し訳なく思う。

彼女が私の隣に座った瞬間に馬車の扉が閉められ、レイナートが剣の柄で天井を叩くと、御者が馬に合図を出す。

揺れる馬車の中、無言のまま、時間は流れていった。

私はレイナートを見つめ、なんとも不可解な感覚に苛《さいな》まれる。

――どうして黙って離れていったのか。

――なぜ、相談してくれなかったのか。

――手紙をたくさん書いたのに、なんで返事をくれなかったのか？

レイナートと話したいことは山のようにあった。それなのに、いざ本人を前にしたら何も言葉が出てこない。

彼に対して怒っている、という感情はとうの昔にすり切れ、なくなっていたのかもしれない。期待をしなくなった、と言えばいいのか。いや、そのどちらでもない。

今、レイナートと私の間には、高く厚い壁があるように感じていた。かける言葉が見つからないのではない。何を言っても、彼には届かないだろうと私は本能的に悟っているのだろう。

レイナートはびっくりするくらい、五年前と変わっていた。

最後の記憶の中の彼は、どこか儚《はかな》げで線が細い優美な貴公子、といった感じだった。

今は体が一回り以上大きくなり、背もぐんと伸びて、顔立ちにも迷いがまったくない。美貌はそのままに、大人の男性になった、という印象だ。

もう、私が知っているレイナートはどこにもいないのかもしれない。よく似た他人だと認識していたほうがいいだろう。

以前までは元気かどうかだけでも知りたい、という思いもなくはなかった。

こうして見ると、レイナートの顔色はよくはないが、悪くもない。目の下にクマなんかないし、酷《ひど》く痩《や》せているわけでもない。元気だ、と表現してもいいだろう。

兄に知らせたら喜ぶはずだ。レイナートと兄は、とても仲がよかったから。

五年もの間謎だった、レイナートの近況を知ることができた。それだけでも収穫だと思うことにしよう。

いくら私が睨《にら》むように見ても、レイナートはどこ吹く風、といった様子である。彼にとって、私はいないも同然の存在なのかもしれない。

もしかしたら、同じ名の別人である可能性もある。無視されてもいいと思い、話しかけてみた。

「あなた、お名前を聞かせていただける？」

視線はこちらを向けず、指先だけピクリと動かしたのを私は見逃さなかった。

「わたくしの知り合いによく似ているのだけれど、違う可能性もあるから」

レイナートはどう出るのか。じっと彼を見つめる。彼は依然として視線を逸らしたまま、自らの名を名乗った。

「レイナート・フォン・バルテン」

やはり、彼は私がよく知るレイナートだったわけだ。

「わたくしも、名乗ったほうがよろしい？」

意地悪な気持ちを込めつつ聞いてみる。彼は睫《まつげ》の一本も動かさずに答えた。

「いいえ、必要ありません。ヴィヴィア・マリー・アイブリンガー・フォン・バルテン王女殿下」

ミーナですら覚えられない私の全名を、レイナートは記憶していたらしい。

ただ名前を口にしただけなのに、心が震える。もうレイナートのことは吹っ切れ、気持ちは欠片《かけら》も残っていないと思っていたのに。

初恋というのは、私が思っていた以上に厄介なもののようだった。

馬車に揺られること一時間半。たったそれだけの時間なのに、五時間とも六時間とも錯覚しそうだった。自覚はしていなかったが、それだけ気まずい時間だったのだろう。

そもそもなぜ、大聖教会は彼を迎えによこしたのか。五年も大聖教会にいて、使い走りを命じられる程度の地位に留まっているとは思えないのだけれど……。

まあ、いい。レイナートについては忘れることにしよう。

これからは国民のために、奉仕に努めなければならない。

馬車が停まり扉が開かれると、レイナートが先に降りる。続けてミーナが下車した。

最後に外に出ようとしたら、レイナートが手を差し出してくる。

幼い頃の私だったら、笑顔で指先を添えていただろう。

今は違う。記憶に残るレイナートが変わってしまったように、あの頃の私もまたもういないのかもしれない。

ツンと顔を逸らし、差し出された手を無視して馬車から降りた。

レイナートがどういう表情をしているかまでは、確認できなかった。

どうか気にしていませんように、と祈るばかりである。

大聖堂の教会を見上げる。

高い尖塔がいくつも突き出た豪壮な佇まいは、いつ見ても圧倒される。

王宮よりも立派で豪奢《ごうしゃ》な造りなのは、人々の信仰心を高めるためだと言われていた。

飾り柱が美しい出入り口では、今日も屍食鬼の被害に遭った人々が列を成している。皆、聖水を求めてやってきているのだろう。

あれだけの人々から毎日金貨一枚ずつ得ているとしたら、大聖教会の懐《ふところ》はかなり潤っているに違いない。

「こちらです」

レイナートの感情がこもっていない声を聞いて、ハッと我に返る。

彼のあとを小走りでついていった。

長い長い廊下には、日差しを浴びたステンドグラスが美しい彩《いろど》りを映していた。

大聖堂の内部も、王宮よりずっとずっと美しい。

多くの国民たちが奉仕していたが、なぜかどこを歩いても修道女や修道士などとすれ違うことはなかった。

代わりに、純白の板金鎧をまとった聖騎士はたくさん配置されていたけれど。

小首を傾《かし》げつつ、枢機卿のいる部屋へと足を踏み入れる。

御年六十六歳、大聖教会の頂点に立つ、恰幅《かっぷく》のいい無駄に偉そうな男、バルウィン・フォン・ノイラートが私を迎えた。

部屋の壁際には聖騎士たちがずらりと並んでいる。視線が私に向かって一気に注がれ、まるで針の筵《むしろ》である。

レイナートは私を追い越し、枢機卿の背後に控えるように立った。

「ヴィヴィア王女、よくぞおいでくださった」

もう私は王女ではない。王位継承権共々身分を返上した件については書類で報告しているので知っているはずだ。おそらく、都合のいい場面では私を王女扱いしたいのだろう。

「この度は、奉仕の申し出を受けてくださり、嬉しく存じます」

私の言葉に枢機卿は深々と頷きながら、革張りの豪華なソファを勧める。お言葉に甘えて腰かけると、なぜか枢機卿は隣に座った。

枢機卿の重みでソファが大きく沈み、ギシ、と物音を立てる。

「いやはや、本当にお美しい」

枢機卿はねっとりとした視線で私を見つめる。額からじわりと、汗が滲んでいるのを感じた。

「結婚話も、ヴィヴィア王女だけは賛成だったようで、いやはや、光栄の至り――」

なんだか私が枢機卿との結婚を強く望んでいたように聞こえるから不思議だ。

たしかに、聖騎士たちが謀反を起こさないように、私は枢機卿との結婚を覚悟した。けれどもそれは、大聖教会側からそういった打診があったからだ。

枢機卿の物言いを聞いていると、私が彼に好意を抱いているかのようにも感じてしまう。

「国王と枢密院の者たちの反対で結婚は叶わなかったが、心配なさるな。この儂《わし》が、いつか叶えてみせよう」

そう言って、枢機卿は私に手を伸ばしてくる。

まさか、私と本気で結婚するつもりだったなんて。もちろん、それも覚悟の上でやってきてはいるのだが……。

枢機卿の手を一度避《よ》けたのだが、「恥ずかしがるな」と言われてしまった。さらに、枢機卿はぐっと接近してくる。

悪寒による全身の震えに襲われた。きっと、鳥肌も立っているだろう。けれどもここで私が拒絶したら、大聖教会と王家の亀裂が大きくなってしまう。

奥歯を噛《か》みしめ、覚悟を決めていたのだが——枢機卿の指先は私に届かなかった。

枢機卿と私の間に、お盆が差し込まれている。これは、先ほど修道士がお茶を運んできた際に、持ち込まれたものだろう。

視線を上に向けると、お盆を持つレイナートの姿があった。

「おい、お前、邪魔するな！」

「猊下《げいか》は現在喪中にございます。下心を持って他人に触れると、死した魂に憑《つ》かれてしまいますよ」

「そ、それは——！」

そうだ、と思い出す。枢機卿は妻を半年前に病気で亡くした。

昔からの伝承で、死した伴侶は一年半、愛する者の傍で見守っていると言われているのだ。それを裏切った場合、呪われてしまう。

現在、枢機卿は喪中で、あと一年もの間は誰とも結婚どころか婚約すらできない。これは家族も同様らしい。

レイナートに感謝しようと視線だけ向けたら、彼は軽蔑しきった目で私を見下ろしていた。

その一瞬で、サーッと気持ちが冷めていく。

レイナートは別に、私を助けたわけではなかったのだろう。枢機卿の戒律違反を指摘しただけだったのだ。むしろ私が枢機卿を誘惑したのではないか、などと思っていそうだ。

「まあ、ひとまず一年は、ヴィヴィア王女に大聖教会で奉仕活動をしてもらおうではないか。それ以降は――」

にんまりとニヤついた表情で私を見つめてくる。ため息を呑み込み、「国民のため、奉仕に勤《いそ》しみます」という言葉を返した。

「護衛は、そうだな」

枢機卿は壁際の騎士を一通り眺め、顎《あご》に手を添えて考える仕草を取る。

視線をこちらに戻し、レイナートを見たところでピタリと止まった。

「レイナート。そなたにしようか」

なぜ、どうして、よりによってレイナートを指名するのか。内心、頭を抱え込んでしまう。もしかしたら、レイナートが私の従騎士であったことを失念しているのかもしれない。

指名されたレイナートは無表情のまま、感情は欠片《かけら》も読めない。

このままではレイナートが護衛として任命されてしまう。それを避けたかった私は、枢機卿に物申した。

「あ、あの、猊下。わたくし、護衛は不要です。侍女のミーナが、武術をたしなんでおりますので、彼女ひとりでも十分ですわ」

「いいや、王女を預かっておきながら、誰も付けないわけにはいかない。安心しなされ。こやつは命令に忠実で、感情を持たない氷のような男とも呼ばれておる。存在感もなく、そこにいるかどうかもわからないから、迷惑にはなりますまい」

本当に、本当に大丈夫なんです……と消え入りそうな声で訴えても、枢機卿は「遠慮なさるな」と笑顔で返す。本気でレイナートを私の護衛に付けるつもりなのだろう。

最後の手段とばかりに、レイナートに声をかける。

「聖騎士さまだって、わたくしの護衛をするなんて、不服ですわよね?」

無視されるかもと思ったが、レイナートはこちらを向いて言葉を返す。

「私は、猊下の命令に従います」

「そ、そんな!」

枢機卿は「ならば、決まりだな」と言って手を打つ。

「レイナート、最近、そなたの私室の隣に部屋を借りていた従騎士が、見事独り立ちしたと申していたな。その者が使っていた部屋を、ヴィヴィア王女に使ってもらうようにすればよい」

「しばし、準備にお時間をいただいてもよろしいでしょうか?」

「構わん」

「では、夕方に王女殿下をお迎えにあがります」

「わかった。その間は、儂と楽しい時間を――」

再度、枢機卿が私のほうへ手を伸ばしたが、今度は分厚い手帳が差し込まれる。

「猊下、スケジュールは朝から晩まで埋まっております」

「あ、そうであったか」

「王女殿下につきましては、シスター・アデリッサに預けましょう」

「あ、ああ、アデリッサか。それがいい」

シスター・アデリッサとはいったい誰なのか。枢機卿がすぐに了承したので、きっと近しい人間なのだろうが。

ここでレイナートとは一旦別れるようだ。ひとまず、深く長いため息を吐《つ》く。

修道女がやってきて、少し離れた部屋に案内された。

扉の向こうにいたのは、純白のドレスに身を包む美しい女性。年頃は同じくらいだろうか。長いスミレ色の髪は美しく巻かれていて、切れ長の目はキリリとしている。

しばし見とれていたが、ハッと我に返る。

身分が上の私のほうから声をかけないといけないのだ。王女の身分は返上したが、相手が黙っているということはまだ王女扱いされていると考えたほうがいいだろう。

「初めまして、わたくしは、ヴィヴィア・マリー・アイブリンガー・フォン・バルテンと申します」

「存じていてよ、ヴィヴィア王女殿下」

なんとも尊大な様子で、堂々としながら言葉を返してくれた。

「私はアデリッサ・フォン・ノイラート」

ノイラートということは、枢機卿の孫娘か。シスターと呼ばれていたので、社交界デビューはしていないのだろう。

「レイナートさまの婚約者候補でもあるの。どうぞ、お見知りおきを」

まさかの自己紹介に、言葉を失ってしまった。

大聖教会に所属する聖騎士は、二十歳を超えたら結婚が許される。レイナートは二十三歳になっているはずなので、そういった話が浮上してもなんらおかしくはない。

どうしてか胸が痛い。幼い頃の彼への想いが、悲鳴でも上げているのだろうか。よくわからなかった。

しかしながら、初対面でなぜ、このような宣言をしてきたのか。我が国に、自己紹介時に婚約者の名を教えるという決まりなんてないのに。

それに、レイナートの婚約者ではなく、候補だという。なおさら私に言う必要なんてまったくなかった。

「これから、大聖教会での奉仕活動についてお教えするわ。本当は枢機卿の孫娘たる私がすることではないのだけれど、レイナートさまの頼みだから特別よ」

「は、はあ」

ここでピンときてしまった。おそらく私が昔親しくしていたレイナートを追いかけて、大聖教会にやってきたとでも思っているのだろう。

「ところで、ヴィヴィア王女殿下はなぜ、大聖教会にいらっしゃったの?」

ギンと強い瞳で睨みつけながら、アデリッサは問いかけてくる。やはり、レイナートと私の関係を疑っているのだろう。彼女を安心させるために、目的について打ち明けた。

「大聖教会と王家の関係がピリついていたものですから、双方の関係をよい方向に導くために、ここへ奉仕にやってまいりました」

「王女殿下が直々に？」

「ええ。王女の身分と王位継承権は返上しましたから、敬称は不要です」

「そう、わかったわ」

肌が火傷《やけど》しそうなほどの強い視線に晒されていたものの、大聖教会にやってきた理由を述べるとその空気は一気に和らいでいく。

「アデリッサさまとお呼びしても？」

「よろしくってよ。あなたは、ヴィヴィアと呼ぶわね」

「ええ、ご自由に」

先ほどまで王女殿下と呼んでいたのに、いきなり呼び捨てである。まあいい。彼女と長話をするつもりは毛頭ないので、さっさと情報だけいただく。

「大聖教会での、身分がある女性ができる奉仕活動は限られているの」

まずは親を失った子どもたちが暮らす養育院の訪問。そこで炊き出しをしたり、子どもたちに絵本を読み聞かせたり、お菓子を配ったりするらしい。

「次に、礼拝堂で毎日行われている、屍食鬼の撲滅を願う祭儀への参列」

最後に、屍食鬼が多く出没する戦地の聖騎士への慰問。ただこれに関しては、ある条件があるらしい。

「あなた、回復魔法は使えて？」

「ええ、嗜《たしな》む程度ですけれど」

兄の病状が少しでも楽になればいいと思い、頑張って習得したのだ。回復魔法によって病状がよくなるわけではないが、痛みなどが軽減され、気持ちも楽になるという。

「慰問は回復魔法の遣い手しか行けないの。あなたは資格があるようね」

「そうみたいですわね」

屍食鬼が多く出没するのは、北の渓谷〝フランツ・デール〟。

そこは古くから多くの旅人が滑落死するので、死体が積み上がった呪われた土地と呼ばれていた。

屍食鬼はフランツ・デールで死した旅人たちの呪いから生まれたのでは、と囁かれるくらいであった。

フランツ・デールには多くの聖騎士が派遣され、日夜屍食鬼と戦っている。怪我人も多く抱えているという。そんな土地に行こうと志願する貴族女性は極めて少ないだろう。

屍食鬼と戦って負った傷は、どうしてか回復魔法では治せない。聖水をかけて消毒し、自分の力で治すしかないのだ。

「ヴィヴィアはこれから何をするつもりなの？」

「わたくしは――ひとまず養育院への訪問をいたします」

先月、子どもたちに「またね」と言って別れてきたのだ。交わした約束を守りたい。

「あらあら、フランツ・デールでは多くの聖騎士たちが命を懸けて戦っているというのに。元王女殿下は、のうのうと養育院の訪問をなさるなんて」

嫌味のつもりか。しかしながら、まったくダメージは受けていなかった。

にっこり微笑みを浮かべ、言葉を返す。

「ええ。わたくしは、いくじなしですの。申し訳ありません」

素直に謝ってくると想定していなかったのか、アデリッサの顔が引きつった。

私は日々、狡猾《こうかつ》な枢密院の老臣を相手にしてきたのだ。アデリッサの嫌味なんて、小鳥のさえずりのようにしか聞こえない。

「いつか勇気が出たら、フランツ・デールへ慰問するつもりですわ。そのときは、アデリッサさまも一緒に行きましょうね？」

アデリッサはどういう反応をしていいのかわからなかったのか、突然立ち上がって部屋から去っていく。

バタン！　と扉が大げさに閉ざされる。私はひとり、残されてしまった。

「あらら……。ミーナ、わたくし、アデリッサさまに嫌われてしまいました」

「仕方がないですよ。最初から、友好的な態度ではありませんでしたし」

置き去りにされた部屋で待つこと三時間ほど――レイナートが迎えにやってきた。

開口一番、レイナートは私ではなく別の女性の名を口にした。

「アデリッサ嬢はどこに？」

なんだか無性に腹が立ち、「知りません」と刺々《とげとげ》しく言葉を返してしまった。彼は私のささやかな反抗になど気付くわけもなく、部屋付きの修道女にアデリッサの行方を聞いていた。

そんなに気になるのならば、今すぐ捜しに行けばいいのにと思ってしまう。

「奉仕について、アデリッサ嬢から話は聞きましたか？」

「ええ、伺いました。ご親切にいろいろお教えいただきましたが、途中でご気分が悪くなったようで、ここを去っていきました」

「そうだったのですね」

「わたくしは大丈夫ですので、お見舞いにでも行かれたら？」

ついつい、反抗的な態度に出てしまう。きっとレイナートは内心、可愛《かわい》くないと思っているに違いない。

彼を見送るつもりで立ち上がったら、手を差し伸べてくる。まるで私をエスコートするかのような、スマートな振る舞いであった。

「あなた、アデリッサさまのところに行くのではなくて？」

「なぜ？」

「なぜって、彼女と結婚なさるのでしょう？」

そう言葉を返すと、レイナートは鳩が豆鉄砲を食らったように目を丸くしながら手を下ろした。

「アデリッサ嬢がそう言ったのですか？」

「彼女からは婚約者候補としか耳にしておりませんが、あなたがアデリッサさまを気にかける様子から推測するに、たいそう仲がよろしいようだと思いましたので。結婚も秒読みに違いないと感じた次第です」

自分でも信じられないくらい、低くて淡々とした声色だった。

レイナートのほうを見ることなどできない。

彼は言葉を返さず、深いため息を吐いていた。生意気な娘だ、とでも思っているのだろう。

「今は猊下より王女殿下の面倒を見るように、と命じられておりますので」

面倒！　今、面倒だと言った。世話をするという意味なのだろうが、私に関わる業務は手間がかかって煩《わずら》わしいと思っているのだと邪推したくなる。

あなたの面倒になんてなりたくない――と言いたいけれど、どこの部屋に行けばいいのかわからなかった。レイナートのお世話になるしかないのだろう。

再び、手が差し出される。

どうして急に、エスコートなんてしようと思ったのか。ここに来るまで、私の三歩以上先をすたこら歩いていたというのに。彼の行動が、欠片も理解できなかった。

「エスコートは結構ですわ。わたくしは今日から大聖教会で奉仕を行う身。王女だとは思っておりませんので」

すると、レイナートの手はまたもや力なく下ろされた。私のきつい物言いに、傷ついているように思えてギョッとする。

レイナートの顔を見上げたら、思いっきりこちらを睨んでいた。

あれは傷ついたなどという繊細な表情ではない。全力で怒っているとしか言いようがなかった。

ホッとしたような、そうでもないような。

まあ、いい。早く宛がわれた部屋へ案内してもらおう。

「レイナート、時間がもったいないので、行きましょう」

「ええ。私もそう思っておりました」

レイナートは三歩以上先をサクサク歩き始める。どんどん距離が離れていくが、見失わない程度の速度でついていった。

歩くこと十五分——やっとのことで目的地に辿《たど》り着いたようだ。

扉の前で立ち止まったレイナートは、感情のない声で説明し始めた。

「ここは私の部屋です。そしてその隣が、王女殿下の拠点となる部屋となります」

隣といっても少し離れている。扉一枚で隔たれているようには思えない。きっと真ん中に物置か何かあって、その向こう側に私の部屋があるのだろう。

少し歩いた先にある、私の居室となる部屋に案内してもらった。

水晶のシャンデリアが輝き、毛足の長い豪奢な絨毯《じゅうたん》に、白を基調とした家具が並ぶ、すっきり洗練された空間である。

隣は寝室で、服を収納する大型の整理箪笥《チェスト》と天蓋付きの寝台が置かれていた。

あら、素敵——という言葉は、すぐ傍でレイナートがこちらを睨んでいたので、口から出る寸前で呑み込んだ。

そんな、親の敵《かたき》を見るような視線を向けなくてもいいのに。

どこからどこまで私のために用意したものかはわからなかったが、ひとまず感謝の言葉を伝えておく。

「心地よい空間を調《ととの》えていただき、感謝します」

「いえ。王宮にある王女殿下の部屋に比べたら、質素なものかと思いますが」

そんなことはない。ここ数年、私も節制に努めようと、高価な家具や調度品は売りに出したのだ。何もない私の部屋に比べたら、ここのほうが贅沢に感じる。

そんな王家の裏事情なんて、私たちを裏切ったレイナートは知る由《よし》もないのだろう。

「それはそうと、あちらの続き部屋になっているのは、物置でしょうか？」

「いいえ、浴室です」

レイナートは扉を開き、浴室の内部を見せてくれた。

脱衣所と洗面所、浴室が一緒になったもので、中心に猫脚の浴槽がどん！　と置かれていた。物置かと思っていたが、個人用の浴室だったようだ。お風呂は他の修道女たちと共用で入るものだと覚悟していたのだが、その心配はしなくていいらしい。

ホッと胸をなで下ろした瞬間、もう片側にも扉があることに気付いた。部屋の構造から推測するに、あの扉はレイナートの部屋と繋《つな》がっているものだろう。

いいや、まだわからない。念のため、質問を投げかけてみる。

「あの、あちらの扉は、あなたの部屋に繋がっているのでしょうか？」

「ええ、そうですが」

「も、もしかして、お風呂はレイナート、あなたと共有しなければならないの？」

レイナートは気まずそうな表情で頷いた。

「ええ、まあ、そういうところですね」

「わかりました。まあ、時間を決めておけば、うっかりここで出会うこともないでしょう」

咄嗟《とっさ》の返しはレイナートに言ったというよりも、私自身を安心させるために口にした言葉だったと思う。だって、レイナートとお風呂を共有するなんてありえないことだから。

「私はあなたの筆頭護衛騎士ですが、常に傍にいるわけではありません」

それを聞いてホッと胸をなで下ろしていたら、レイナートはムッとした表情を浮かべる。

彼ほどの迫力ある美貌の持ち主が傍にいて、心安まる人なんてこの世に存在しないだろう。

「どうやら、常に傍にいて、あなたの一挙手一投足を見張っていたほうがいいみたいですね」

「け、結構です！　枢機卿にも申しましたが、ミーナはこう見えて、武術に精通しておりますし、わたくしも護身術程度であれば使えます」

私の訴えには、ため息が返される。

一応、女性の聖騎士たちで構成された護衛部隊を作るという。

「それは、どうなのでしょうか？　国民たちが屍食鬼の被害で苦しんでいるのに、貴重な聖騎士さまをわたくしに割くなんて……」

「仮にあなたに何かあったら、大聖教会と王家の関係はさらに悪化します。それに関して、責任は取れるのでしょうか？」

レイナートの追及に、返す言葉が見つからなかった。

「念のため、これを」

差し出されたのは、楕円形にカットされたルビーが嵌《は》め込まれたコンパクトだった。

「こちらはなんですの？」

「魔道具です。何か危機が迫った際に念じると、こちらに伝わる品です」

ルビーはツヤツヤと輝き、蓋の表面には銀の透し細工が施されている、とても美しいコンパクトだ。なんでもこれに向かって救助を求めると、音を鳴らしてレイナートに知らせてくれるらしい。

レイナートはこれを肌身離さず身に付けておくように、と尊大な態度で言った。

「蓋が開かないので、コンパクトミラーとして使えるわけではありませんが――」

「え？」

蓋が開かないと彼が口にした瞬間、すでに私はコンパクトを開いていた。

目の前に魔法陣が浮かび上がり、コンパクトの中から白い毛玉が飛び出してくる。

「きゃあ！」

『いったーい!!』

甲高い――というか男性の裏声のような声が聞こえてギョッとする。それ以上に、開いたコンパクトから白い毛玉――猫が飛び出してきて驚いてしまった。

『もう！　出すんだったら、優しく出してよね！　着地しそこねたじゃないの！』

どこからどう見ても、毛足が長い猫である。大きさは家猫より一回り大きいくらいか。

ルビーみたいな赤い瞳が印象的だ。

声は男性だが、口調は女性的である。この生き物はいったい……？

現実を受け止めきれず、レイナートを見る。

彼は私以上に驚いているように見えた。この猫については、知らなかったのだろう。

『あらあら、まあまあ、目を丸くしちゃって。アタシがそんなに珍しい？』

頷くと、白猫は自身について名乗った。

『アタシの名は〝スノー・ワイト〟、猫妖精《フェアリ・ケッタ》よ』

妖精族――エルフやドワーフといった、さまざまな種族が存在する少数部族である。

基本的に人間嫌いで、めったに姿を現さないという話が記憶に残っていた。

『人間界は千年ぶりかしら。ふふ、相変わらず、空気が悪いわね』

レイナートが一歩前に踏み出し、猫妖精スノー・ワイトに問いかける。

「コンパクトに妖精が封印されていたなんて、聞いたことがないのですが」

『サプライズできるように、黙っておくよう前の持ち主にお願いしていたの。びっくりしたでしょう？』

レイナートはびっくりしたというより、呆れた表情を浮かべている。

「ではなぜ、あなたは私たちの前に姿を現したのですか？」

『質問攻めね。でも、そういう男性《ひと》は嫌いじゃないわ』

レイナートは眉間にぎゅっと皺《しわ》を寄せ、ため息を吐いていた。

相手が妖精だからか、レイナートの毒舌は鳴りを潜めている。スノー・ワイトは楽しげな表情で、彼を見つめていた。

『どうして姿を現したか――それは秘密。ひとつ言えるのは、アタシはアタシを必要とする人間のもとに現れるってだけ』

もしや、これから訪れるかもしれない脅威から、私を守ってくれるのだろうか？　現在、王位継承権を返上し、王族でなくなった私に後ろ盾などなく、不安に思っているところだった。

見た目は愛らしい猫でしかないので、頼もしい存在には思えないのだが、もしやこう見えて強力な戦闘能力でも秘めているのか。

質問を投げかけたところ、ウンザリした表情で返される。

『アタシ、暴力を振るわれるのも、振るうのも、世界一嫌いなの。戦う術《すべ》なんて、死んでも持ちたくないわ』

「ならば、あなたは何ができますの？」

『何ができるって、アタシ、可愛いでしょう？　癒やされるでしょう？　それだけよ』

がっくりとうな垂れてしまった。なんだかとてつもなく強力な味方を得たのかと思ったが、そうではなかったようだ。

『千年《ひさし》ぶりに現れてあげたんだから、可愛がりなさいよね！』

レイナートは眉間に皺を寄せ、理解しがたい、という表情でスノー・ワイトを見下ろしている。

『返事は⁉』

レイナートはため息を返していたが、スノー・ワイトが肉球でぺんぺんと床を叩くと、「わかりました」と不服さが滲んだ声色が返される。

『まあ、この娘《こ》に何かあったら、コンパクトに願わなくとも知らせてあげるから。安心なさい』

それを聞いたレイナートは深々と頭を下げ、部屋から去っていく。

扉が閉ざされ、足音が遠ざかっていくのを確認してからため息を吐いた。

『なんだか、無愛想ねえ』

レイナートは変わってしまったのだ。昔の、素直で優しかった彼はもういない。

スノー・ワイトは前足の爪でコンパクトをコッコッ叩きながら、驚くべき事実を話し始めた。

『このコンパクトは、あの子の実家、王家の傍系に伝わる秘宝なのよ』

「え⁉」

なんでもスノー・ワイトは、王族の傍系を守護する妖精らしい。

コンパクトはずっとレイナートの母親が持っていたようだが、他界したのをきっかけに、形見としてレイナートが持ち歩いていたようだ。

『コンパクトは当主から伴侶へ贈られる品なの』

通常は当主が妻となった女性を守るために、贈る品だったらしい。贈り主と思念で繋がっているため、先ほどレイナートが言っていたように、助けを求めたらすぐに贈り主に伝わり、駆け付けられるようになるという。

レイナートは六年前に突然ご両親を亡くした。そのため、傍系に伝わるコンパクトの慣習を知らないのかもしれない。

『彼、昔からああではなかったわよね？』

「ええ。昔のレイナートは、優しいお方でした」

レイナートの様子が変わっていったきっかけは、彼の両親の死だった。事故だと聞いていたが、詳しい話は知らない。

人の死はいつまで経っても悲しいし、乗り越えられるものではない。

私もそうだった。大切な人を亡くした者は皆、心の片隅に悲しみを抱えて生きているのだ。

そう考えると、このコンパクトに対する見方が変わってくる。

「これはわたくしが持っていてもいい品ではないのでは？」

『どうしてそう思うの？』

「だってわたくしは――」

レイナートにとって特別な存在ではないし、将来妻になるような関係でもない。

『あら、返品は不可なのよ』

「え!?」

『アタシたち、契約を交わしているから』

「け、契約ですって!?」

太ももの付け根を調べてみるといいと言われる。ミーナがスノー・ワイトの目を隠している間に確認した。

いつの間にか太ももの付け根には、バルテン家の家紋であるアイリスの花が刻まれている。

これが契約印らしい。

『アタシたち、死ぬまで一緒なのよ』

一体いつの間に、どうしてこうなってしまったのか。頭を抱えてしまった。

「ど、どうして契約を交わしたのです？」

『大きな願いを感じたから？』

「わたくしは願ってなど――」

まさか、レイナートの願いだったのか。彼もスノー・ワイトを見て、驚いているようだったが……。

自分の手の内の者を私の傍に置いて、監視でもさせたかったのか？　彼が願うことなど、想像できるわけがないのだが。

『結んでしまったものは解けないから、まあ、諦めましょう。これからよろしくね、ヴィヴィア姫』

「え、ええ……」

スノー・ワイトは目を細め、前足を差し出し、私の手のひらにそっと添えてきた。握り返したら、肉球のぷにぷにとしたやわらかさを感じる。

世にも珍しい猫妖精と契約することになるなんて、誰が予想していただろうか。

スノー・ワイトはこの部屋の主だと言わんばかりに、ソファに鎮座していた。

『それにしてもこのお部屋、ずいぶんと変わったわねえ』

「どうしてわかりますの？」

『あの子がコンパクトを持ち歩いていたからよ。視覚を共有しているの』

覗き込んでいたコンパクトを、思わず投げそうになった。

『今は違うわよ、あなたが契約主だから。繋がりは切れたわ』

「安心しました」

従騎士が使っていた頃は、寝室は物置にされ、ここも寝台とテーブルがあるばかりのシンプル極まりない部屋だったらしい。

『数時間でここまで揃《そろ》えるなんて、恐ろしいとしか言いようがないわ。きっと、自らが持つ権力を最大限に使ったのね』

どうしてそこまでしてくれたのか。よくわからない。

そもそも他の修道女や修道士がこの部屋を見たら、贅沢だと反感を抱くかもしれないのに。

『あの子が理解できない、って顔をしているわね』

「それは、五年も前からずっとずっと理解できていませんの」

『傍にいたら、見えてくるものもあると思うわ』

嫌わないであげてね、と言われたけれど、それは難しい。

だって、レイナートのほうが私を嫌っているのだから。

◇　◇　◇

夕食はパンとスープだった。パンは石かと思うくらい硬く、スープは野菜の皮が刻まれたものが使われていた。

私の食事を見たミーナは、眦《まなじり》に涙を浮かべ「ああ！」と嘆いている。

「ワルテン王国の王女殿下ともあろう御方が、このように質素なお食事を召し上がるなんて！」

「各地で苦しんでいる人を思ったら、食事があるだけでもありがたいものです」

「うう……！」

ちなみに、ミーナも同じメニューである。

「わたくしのほうが、あなたに悪いと思うくらい」

「私は大丈夫です。どうかお気になさらずに」

こんなところにまで連れてきてしまい、申し訳なくなる。同時に、ありがたくもあった。

ミーナの手を握り、感謝の気持ちを伝えた。

「いただきましょう」

「そ、そうですね」

パンは口に含んでもいっこうにやわらかくならず、スープは白湯《さゆ》のような薄い味付けだった。

こんなものだろうと想像していたので、なんら問題はない。

ちなみにスノー・ワイトは食事を必要としないらしい。私からの魔力の供給だけで生きていけるという。

強力な魔獣や幻獣と契約した者が、大量の魔力を対価としてそれらに与え、最終的に魔力の枯渇状態で亡くなる――なんて話も珍しくない。

とはいえ魔力を与えているという感覚はまったくなかったので、その辺の心配はなさそうだ。

「さすがに聖騎士さまは、もっといい食事を召し上がっていますわよね？」

「体が資本ですから、きっとそうに違いありません」

私の護衛を命じられたレイナートであったが、扉の向こうにいるわけではない。臨時的に護衛として配置されていた女性の聖騎士に聞いたところ、現在レイナートは私室兼執務室で仕事をしているようだ。

「少し、お話しできたらと思っているのですが」

久しぶりに接したレイナートはどこか、ちぐはぐな印象がある。

冷たい態度でいるのに、私を枢機卿の魔の手から守ったり、部屋を仕立ててくれたり、ご両親の形見とも言える大事なコンパクトを私に託したり……。

会話を重ねたら、彼の真意が見えてくるのではないかと考えている。

「では、私が訪問の先触れをしに行きましょうか？」

「いいえ、大丈夫。予告したら、逃げられるかもしれないから、突撃します」

扉を開いたら、ちょうど修道士が通りかかる。食事が載った手押し車で、レイナートの部屋に向かっているようだった。

ミーナに目配せすると、すぐに察してくれた。

「修道士さま、そちらの食事は、バルテン卿のものでしょうか？」

「はあ、そうですが。いかがいたしましたか？」

「これからバルテン卿の部屋に行くんです。ついでに運んでおきますよ」

ミーナは修道士の手に心付けを握らせる。すると、修道士は素直に手押し車を渡してくれた。

「スノー・ワイトもレイナートのところに行かれます？」

『アタシはいいわ。今は眠いの』

「わかりました」

スノー・ワイトは長い尻尾を左右に振りながら、寝室のほうへ向かっていった。そんな彼に部屋の留守を任せ、私たちはレイナートの部屋を目指す。とは言っても、すぐ隣なのだが。

ミーナは慣れた手つきで手押し車を押し、レイナートの部屋の扉を叩いて声をかけた。

「バルテン卿、お食事の時間です」

返事はない。不在なのだろうか。ミーナが扉に手をかけたら、鍵がかかっていた。

もしやいないのか。視線で問いかけるも、ミーナは小首を傾げる。

彼女は耳を扉に近づけ、中の様子を探った。

「……いらっしゃるようです」

ならば、敢えてこちらの声かけを無視しているのだろう。

私とミーナは視線を合わせ、同時に頷く。一度部屋に戻り、手押し車を浴室のほうへ押していった。

レイナートの部屋に繋がる扉は、こちら側に鍵がある。つまり、私側の部屋からは自由に行き来できるのだ。

解錠し、扉を開く。

山のような書類に囲まれたレイナートが、私たちを見てギョッとしていた。

「なっ、王女殿下、どうしていきなりこちらへ？」

「扉の向こうから声をかけても反応がなかったので、直接やってきたまでです。ねえ、ミーナ？」

「はい」

そんなことよりも、この書類の山はなんなのか。

ちらりと横目で見たところ、内容は枢機卿が行うべき決裁であることに気付いた。

「まあ！　どうしてあなたが、このお仕事をされているの？」

枢機卿の傍付きを務める聖騎士の仕事ではないだろう。そう指摘したら、レイナートは黙り込む。

おそらくであるが、枢機卿に押しつけられているのだろう。

何か弱みでも握られているのか。謎が深まる。

問いただしても答えないだろうから、先に目的を果たす。

「食事を持ってまいりましたの。召し上がったほうがよろしいのではなくって？」

「いえ、今はいいです。その辺に置いておいてください」

「温かいうちに召し上がりませんと」

ミーナは執務机に広げられた書類をてきぱきと撤去していく。私は手押し車に置かれた料理をレイナートの前に運んだ。

料理の保温効果がある半円状の銀蓋《クローシュ》を外すと、メインの肉料理が出てきた。

やはり、パンとスープのみなのは私たちだけだったようだ。そのことだけは、ホッと胸をなで下ろす。手押し車の上には肉料理の他に、焼きたてのパンや野菜のテリーヌ、ポタージュなどが用意されていた。

カトラリーを並べ、水差しからグラスに水を注ぐ。

給仕をする間にレイナートが何度も「あなたがそのようなことをする必要はありません」と訴えていたが、無視して進めた。

「さあ、どうぞ。召し上がれ」

レイナートの眉間に不愉快だと訴える皺が大集合していた。自分のペースがあるので、乱されたくないのだろう。

「ここまで準備したのですから、片付けて再度仕事をするほうが非効率ですよね？」

「そうですが、食欲がないのです」

「どこか具合が悪いのでしょうか？」

レイナートの顔を覗き込み、額に手を添える。

平熱――と思った瞬間、手首を摑《つか》まれて押し戻された。

「な、何をするのですか⁉」

「何って、熱がないか調べただけですけれど」

「異性にそのような行為を働くなんて、はしたないです！」

相手を心配し、取った行動ですらレイナートにとっては慎みがないように感じられたようだ。

「お兄さまが、食欲がない晩は体調を崩しがちだったので、気になっただけです。礼儀に反したように見えていたのならば、謝ります」

レイナートはハッとなり、少し泣きそうな顔で私を見る。勘違いだったと気付いてくれたのだろうか。けれども遅い。

私は彼にぐっと接近し、耳元で「申し訳ありませんでした‼」とハキハキ述べた。

その瞬間、レイナートは目にも留まらぬ速さで身を引き、私をぎろりと睨む。

「あ、あなたという女性《ひと》は！」

「慎みは王女の立場や王位継承権と共に返してきましたの。わたくし、もう王族ではありませんわ」

そう返すと、レイナートは目を極限まで見開く。枢機卿の書類を管理している彼ですら、知らないことだったらしい。

「どうして、そのようなことをしたのです？」

「枢機卿と結婚する可能性がありましたから。もしも子どもが生まれたら、面倒なことにもなりますし」

レイナートの眉がピクピクと引きつる。あれは本当に怒っている表情だろう。少し話せたら、なんて思っていたが、今は冷静に会話できるような状況ではない。

今日のところはひとまず撤退しよう。

「もう遅いですから、また今度ゆっくりお話ししましょう」

「待ってください」

地を這《は》うような低い声で引き留められる。踵を返してしまったのでそのまま帰りたかったが、しぶしぶ振り返る。

「何か？」

「あなたは本当に、枢機卿と結婚するのですか？」

なぜ、引き留めてまでその質問をしてくるのかわからない。

けれども、私が結婚することによって内戦が回避できるのであれば、するしかないのだろう。

彼に言い訳じみたことなど言いたくないので、ええ、と簡潔に言葉を返したら、レイナートの眉がわかりやすいくらいキッ！　とつり上がった。

「あなたは何もわかっていない」

その物言いに、私はカチンときてしまう。瞬時に浮かんだ言葉を、あまり深く考えずに口にしてしまった。

「わかっていないとしても、説明もなくいなくなったあなたに言われたくありません！」

レイナートに背を向け、カツカツと大きな足音を立てながら部屋をあとにした。

挿話　追憶と覚悟のレイナート

私とヴィヴィアの出会いは、彼女が四歳、私が九歳の頃の話だった。父から遊び相手になるように命じられ、しぶしぶ向かったのを覚えている。

自分より五つも年下の王女と、どうやって接していいのかわからない、と内心困惑していたものの、ヴィヴィアを一目見た瞬間、憂い事が綺麗《きれい》さっぱり吹き飛んだ。

案内された部屋には、優美な輝きを放つ銀色の髪に、神聖なる木蔦色《アイヴィグリーン》の瞳を持つ、天使と見紛《みまご》うほどの愛らしい少女——ヴィヴィアの姿があった。

彼女は私に微笑みかけ、傍にいることをすぐに許してくれたのだった。

天真爛漫《てんしんらんまん》なヴィヴィアに、心を奪われるのにそう時間はかからなかった。彼女は私を必要とし、私もいつからか、彼女が必要だと思うようになる。

あれはいつの話だったか。

雨が降る中、剣の稽古をしていたら、風邪を引いてしまった。

家族は誰も様子を見に来なかったのに、ヴィヴィアだけは私を見舞いに来てくれたのだ。

小さな手で水に濡れたハンカチを絞り、額に当ててくれた。そして、私が眠るまで一生懸命看病してくれたのだ。

このとき感じた気持ちは、温かくて、愛おしくて——これ以上は言葉にできない。

その瞬間、私はヴィヴィアのために生きようと決意した。

ヴィヴィアは人々に愛されるために生まれてきたと言っても過言ではない、完璧な王女だった。

そんな彼女の傍にいられるだけで幸せだと思っていた。

しかしながら彼女に近づき、愛想をふりまく男共を目にした瞬間、心の中に黒い感情が生まれる。

ヴィヴィアの傍にいるのは私だけでいい。国王陛下は私以外、誰もヴィヴィアの相手をさせなかったから。彼女は私にだけ、笑いかけたらいいのだ。

他の男共から遠ざけるため、私はヴィヴィアに騎士の誓いを立てた。当時の私は十三歳、ヴィヴィアは八歳だった。

正直、彼女は意味をわかっていないだろうな、と気付いていたのだが、儀式だけでもやっておきたかったのだ。

ヴィヴィアは日に日に美しくなり、男たちは遠巻きにしつつ、傍にいる私に羨望の眼差しを向ける。

彼女の隣は誰にも渡さない。誰よりも傍にいて、生涯をかけて守るつもりだと心に誓っていた。

けれどもある日、私は〝ある事実〟に気付いてしまう。それゆえ、自分はヴィヴィアの傍にいられないことも。

断腸の思いで私は彼女のもとから去り、大聖教会へ身を寄せた。

聖騎士となってから、一度だけヴィヴィアを見かけたことがあった。それは、彼女の兄が即位した記念に開かれたパーティーだった。

以前よりもずっと美しくなった彼女は、いつの間にか遠い存在になってしまった。

もう二度と、私の手は届かないだろう。

途中、ヴィヴィアは大聖教会の関係者とダンスを踊る。彼女へ手を差し出したのは年若い青年、ドミニク・アスマン。

実年齢よりも少し幼い印象で、顔立ちは整っていた。人好きするような柔和な微笑みは、見る者を魅了していたように思える。

彼は錬金術の知識を持つ医者で、枢機卿が目をかけている男だった。

もしも枢機卿が後押ししたら、ヴィヴィアの結婚相手にもなりうるような相手だろう。

ヴィヴィアは誰と踊るか迷った挙げ句、彼の手を取っていた。

踊る彼女を見つめていたら、胸が締めつけられる。

ヴィヴィアと踊るのは、私だけだったのに。

自分から離れておいて、未練がましい感情が胸に渦巻いていた。

彼女に心を囚われている場合ではないのに……。

個人的な感情は、切り捨てよう。でないと、心が保《も》たない。

もうヴィヴィアと会うこともないだろう。

そう思っていたのに、彼女は私の前に現れた。

もう消えてなくなったと思い込んでいた感情が、ヴィヴィアを目にした瞬間、爆発しそうになる。

気持ちに鍵をかけようとしても、ヴィヴィアがこじ開けてくるのだ。

彼女の存在は、私の中にある揺らいではいけない決心を蝕《むしば》む。接触は必要最低限にしないといけない。でないと、猛毒のように強い感情が、私を苦しめてしまうから。

どうか心の氷を溶かさないでくれ。

神に願いながら、冷徹な男としてヴィヴィアの前に立ったのだった。

第二章　王女は聖騎士と言い争う

私はレイナートの〝あなたは何もわかっていない〟というあまりの言い草に憤慨しつつ、部屋に戻る。ミーナが扉を閉め、鍵をかけた音でハッと我に返った。

「わたくし――レイナートに怒鳴ってしまいましたわ」

「仕方ないですよ。バルテン卿も喧嘩腰でしたから」

頭を冷やそう。そう考えていたのに、ミーナがちょうどいいから、とお風呂の準備を始める。

魔法仕掛けの浴槽で、刻まれている呪文を指先でさすっただけでお湯が満たされた。

「では、お召し物を」

「え⁉」

レイナートが壁一枚隔てた場所にいる状態でお風呂に入るなんて。

わかっていたのに、なんだか恥ずかしくなってしまう。

「あ、あの、ミーナ、今日は一緒に入りましょう」

「お風呂に、ですか？」

「ええ。この浴槽、大きいですし」

ひとりだったら耐えきれないけれど、ふたりだったらなんとか耐えられる。

突然の申し出にミーナは戸惑っていたが、耳元で「レイナートが隣にいると思うと、恥ずかしくて」と告白する。

「ああ、なるほど。そういうわけでしたか。でしたら、ご一緒させていただきます」

そんなわけで、私は生まれて初めてミーナと入浴する。

服を脱ぐのも、体を洗うのも緊張する。水がぴちゃんと音を鳴らすだけで、なんだか恥ずかしかった。

おそらく物音はそこまで聞こえていないだろうし、レイナートも気にしていない。そう自分に言い聞かせつつ、手早く体を洗い、さっさと上がる。

お風呂を済ませたあと、兄に手紙を書いた。なんとかやっていけそうだ、ということのみ伝える。あと、レイナートが元気だった件についても、追伸として書き綴《つづ》っておいた。

そろそろ眠ろうか、なんて話をしていたら、部屋の灯りが突然消えた。

「な、なんですの？」

「どうやら消灯時間のようです」

灯りに使う魔石を節約する目的で、夜はわりと早い時間に灯りが強制的に消えるらしい。部屋にある携帯用の魔石灯も、魔力が切れたら来月まで使えないようだ。

それに関して、ミーナがぶつくさと文句を言う。

「大聖教会は聖水で大きな収益を得ているはずなのに、ここまでしなくても……！」

「その分の予算を、支援活動に使っているかもしれませんし」

「あの枢機卿が、クリーンな運営をしているとは思えないのですが」

ガタンと隣の部屋から物音が聞こえたので、慌ててミーナの口を塞ぐ。どうやら、レイナートがお風呂に入り始めたらしい。

そういえばと思い出す。この時間帯は、彼が入浴時間として希望していたのだ。

「レイナートはわたくしに、明るい時間を譲ってくださったのかしら？」

「もともと、この時間に入っていたんじゃないですか？」

「そう、なのでしょうか？」

壁が薄いのか、湯を浴びる音がこちらにまで聞こえてくる。レイナートが入浴する様子を想像してしまい、羞恥心に襲われた。今にも叫び出しそうになったが、ふと気付く。

「こんなに物音が聞こえてくるということは、わたくしたちが入っていたときの音もけっこう聞こえていた、ということですの？」

「お、おそらく」

耐えきれなくなり、ブランケットを頭から被って声なき声で叫んだのだった。

このようにして、一日が終わっていく。

朝――けたたましい鐘の音で目覚める。大聖堂の大鐘がかき鳴らされているのだろう。傍で眠っていたミーナは「ううん」と苦しそうな唸《うな》り声をあげていた。

外はまだ暗い。太陽も地平線から顔を覗かせていない時間帯である。

これが大聖教会の朝なのだろう。

何かフワフワで温かいものが傍にいると思ったら、スノー・ワイトだった。

鐘の音なんてものともせずに、すーすーと寝息を立てて眠っていた。

鼻を押しても、尻尾を摑んでも目覚めない。なんとも羨ましいと思ってしまう。

私は完全に目が覚めてしまった。私がもぞりと動くと、ミーナも起き上がる。

「おはよう、ミーナ」

「ヴィヴィア姫、おはようございます」

私はもう姫ではないのだが、ミーナは変わらず姫と呼んでくれる。

なんでも、彼女にとって私は永遠のお姫さまらしい。何があろうが変わらないと訴えるので、好きに呼ばせている。

スノー・ワイトにブランケットを被せ、寝台から下りる。石の床はひんやりしていて、ぶるりと震えてしまった。寒いと思ったら暖炉が消えていた。

火でも点けようかと思ったが、薪がない。

洗面所に水を取りに行っていたミーナが、教えてくれた。

「薪《まき》ですが、一日に使える本数が決まっているそうです。夜中に使い切ってしまいまして」

「そうでしたの」

ミーナに寒い思いをさせてしまった。途端に、申し訳なくなる。

「もしかして、一緒に眠ってくれたのは、そのほうが暖かいから？」

「そうなんです」

「ミーナ、ありがとう」

彼女のための部屋も用意されているが、私の傍にいると言って聞かなかった。昨晩は私を守るためだと思っていたが、それだけではなかったようだ。

「まあ、このオス猫とふたりきりにさせるわけにもいかないと思ったのもあるのですが」

「オス猫って……」

これから着替えるのでと、ミーナはブランケットでオス猫ことスノー・ワイトの全身を包み込んでいた。そこから彼女は一分で身なりを整え、朝食を取りに行くと言っていなくなる。

顔を洗い、歯を磨いた。ここでシャッキリと目覚める。

寝間着を脱ぎ、ミーナが用意していた紺色の地味なドレスをまとった。

大聖教会の服装規定は〝紺色の服をまとう〟のみ。

階級が上になると、白い服をまとう許可が下りるという。

枢機卿の孫娘であるアデリッサは、白いドレスを身に着けていた。聖騎士以外で白をまとえるのは、ごく一部なのだろう。

髪は軽く梳《と》かし、三つ編みにして後頭部でまとめておく。侍女がいなくとも、一通り身なりを整えることはできるのだ。

ミーナが厨房から戻ってくる。手押し車には、ふたり分の朝食が用意されていた。朝はパンが一切れとチーズのみ。それから白湯である。感謝の祈りを捧げ、ありがたくいただいた。

今日一日の活動について、ミーナと話し合おうとしていたところに、レイナートがやってくる。

「あら、おはよう、レイナート」

「おはようございます、王女殿下」

どこか他人行儀な物言いに、少しだけカチンとくる。護衛の聖騎士とはいえ、朝の挨拶くらい、もう少し親しみを込めて言ってくれてもいいのに。

そんなことより、気になっていた件について指摘した。

「レイナート。わたくしはもう、王女殿下と呼ばなくても結構ですわ。昔のように、呼び捨てで構わなくってよ」

「なりません」

「どうしてですの？」

わざとらしく小首を傾げ、レイナートに問いかける。理由が思い浮かばなかったのか、彼は明後日の方角を向いていた。

明らかに困った様子でいるレイナートを見ていると、なんだか楽しくなってくる。黙って聖騎士になった挙げ句、冷たい態度を取った罰だと思い、さらなる口撃を行った。

「でしたらわたくしも、あなたを呼び捨てにするわけにはいきませんわね。これからバルテン卿、とお呼びしましょうか？」

「それは、おかしな話でしょう？」

「あら、どうして？」

「あなたもバルテンの名を持つ者のひとりですし、そうなると、いろいろと、紛らわしくなりませんか？」

レイナートは自分でもおかしなことを言っている自覚があったのだろう。声がだんだんと小さくなっていく。

「では、わたくしはレイナートさま、とお呼びしますね。わたくしも、同じようにヴィヴィアにさまを付けて呼んでいただけるのであれば、お互い様ではありませんこと？」

「そのようなご提案は、ご勘弁いただきたい」

レイナートは本気で困っているようだった。別にさま付けくらい、なんてことないだろうに。

私も落としどころを見失い、なんだか気まずくなってしまう。

ここで、スノー・ワイトが起きてきた。ふさふさの尻尾を優雅に揺らしながら、『ごきげんよう』だなんて挨拶をしてくる。

『あなたたち、朝から楽しそうな会話をしているわね』

「おかげさまで」

お互いにさま付けで呼ぼうと提案したのに、レイナートが了承しないという事の次第を説明した。

『どうしてもさま付けで呼ばれたくないのならば、お互い呼び捨てにするしかないじゃない』

王女でないとしたら、敬う必要なんてない。スノー・ワイトから正論を突き付けられたレイナートは、さらに言葉を失っていた。

『ただのだだっ子よねえ。いい大人が、恥ずかしいわ』

ここまで言われたら、レイナートも我を通すわけにはいかないと思ったのだろう。

「わかりました、〝ヴィヴィア〟。これで満足ですか？」

悔しそうにしているレイナートを見て、初めて勝ったと思った。スノー・ワイトのおかげである。

「改めて、レイナート、よろしくお願いいたします」

「こちらのほうこそ、ヴィヴィア」

レイナートがヴィヴィアと呼ぶと、彼はなんら変わっていないように思えるから不思議だ。

けれども、依然としてレイナートが私を見る目は冷たい。視線と視線が絡むたびに、彼は変わってしまったのだと落胆してしまう。

見ず知らずの他人だと割り切れたらいいのに、幼い頃から抱いていたレイナートへの想いが悲鳴をあげているのかもしれない。彼との思い出はどれも美しく、かけがえのないもので……。それゆえに、手放せないのだ。

スノー・ワイトは大きく欠伸《あくび》をすると、私の膝へと跳び乗る。家猫より一回り大きいので身構えたが、想定していたほどの重さは感じなかった。

顎の下を指先でなでると、ゴロゴロ鳴く。頭をよしよしとなでているうちに、眠ってしまったようだ。

「ヴィヴィア、彼は猫妖精ですので、過剰な接触はしないほうがよいかと」

「なぜ、猫妖精と接触してはいけないのです？」

「それは――オス猫だから」

独り言のような、ボソボソとした物言いだった。レイナートらしくない。

「なんですって？」

「いえ、猫妖精は、愛玩用の猫とは違うと言いたかったのです」

一日中ゴロゴロして、自由気ままなスノー・ワイトのどこが愛玩用の猫とは違うのだろうか。よくわからない主張である。

「そもそもあなたは、わたくしがすることすべてが気に入らないようですわね」

「そんなことは――」

「ありますわ」

行動のひとつひとつが癇《かん》に障るのならば、護衛なんて辞退すればよかったのに。

そう思ったが、命令を断れなかったのは枢機卿との力関係が原因なのだろう。あの仕事量から推測するに、枢機卿に弱みでも握られているに違いない。

私たちはこれ以上、一緒にいないほうがいいのだろう。私もレイナートの言動に傷つかなくてもいいし……。

個人的な感情には蓋をして、本題へと移る。

「本日の予定ですけれど、午後から養育院の訪問を考えていますの。午前中は差し入れる蒸しパンでも作ろうと思いまして」

「あなたが料理をするのですか？」

「ええ」

料理なんてできないと思っていたのだろう。レイナートは目を見張り、珍しい虫を発見したような視線を向けていた。

物心ついた頃から、慈善活動は行っていた。しかしながら、差し入れはいつも侍女が購入した物をそのまま手渡していたのだ。

その品を手作りしようと思い立ったのは、レイナートが王宮を去ってから。

彼がいなくなることによって心が空っぽになった私を癒やしてくれたのは、養育院の子どもたちで――私が彼らを励まさないといけないのに、逆に励まされたのだ。

養育院の子どもたちのために、これまで以上に何かしたい。

そう思い立ち、ミーナに相談したら手作りのお菓子やパンを作るのはどうかと提案してくれた。以来、彼女と一緒に料理を習い、今ではさまざまな料理が作れるようになったのだ。

購入した物から手作りになっただけで、子どもたち側からしたら微妙な変化かもしれない。むしろ、お店で売っている物のほうが嬉しいだろう。

だから自己満足だと思っていたのに、手作りお菓子は思いのほか好評だった。なんでもお店のお菓子はこってりしすぎていて、口に合わなかったらしい。私が手作りしたお菓子はあっさりした味わいで、こちらのほうがおいしいと評判だった。

毎回、子どもたちは私の差し入れを楽しみにしてくれているので、今日はなんとしてでも養育院を訪問したかったのだ。

「今後、行けなくなるかもしれませんし」

「それは、枢機卿と結婚するからですか？」

なぜ、そこと繋がるのか。頭が痛くなってきた。

王女として暮らしていたときは、私の行動に文句を付ける人なんていなかった。

けれども今は、大聖教会に身を寄せている。いつ、特別な奉仕活動をするようにと命令が下るかわからない状況である。別に、枢機卿との結婚を意識した行動ではないことだけは確かだ。

それを説明するのも面倒なので、ため息を返すばかりである。

「ひとまず、レイナートには午後からの護衛を頼みます。お願いはそれだけです」

レイナートは何か言いたげだったが、下がるように強く言うと部屋から去っていく。

扉はばたん！　と大きな音を立てて閉ざされた。不服だと言わんばかりである。

「物に当たるなんて、なんて乱暴な」

私の呟きを聞いて、スノー・ワイトが目を覚ます。にんまりと口角を上げながら、レイナートの行動について解説してくれた。

『彼、反抗期なのよ。親に反抗したくなる子どもみたいなものだから、気にしなくてもいいの』

「わたくしはレイナートの母ではありませんのに」

レイナートは何かに対して猛烈に腹を立てている。それは私が大聖教会でやろうとしていることに対してかもしれないし、一度でも枢機卿との結婚を了承した件についてかもしれない。

冷静になって話し合いたいと思いつつも、レイナートを前にしたらついつい生意気な口を利いてしまう。

「どうしたらいいのでしょう？」

『仲直りしたいの？』

それに関しては、よくわからない。仲直りしたとしても、今の私は昔のようにただただレイナートと一緒にいたら幸せ、という立場にはない。

私はともかく、彼はいずれ結婚する。そうなれば、私は悲しみに打ちひしがれるのかもしれない。このまま仲違《なかたが》いしたままで、レイナートの結婚を見守るほうがいいのではないか――なんて思う瞬間もあった。

やはり、少しレイナートから離れたほうがいいのかもしれない。傍にいるから喧嘩してしまうし、冷静になれないでいるから。

礼拝の時間を知らせる鐘が鳴り響き、ハッとなる。

考え事をしている場合ではない。

養育院の子どもに差し入れる蒸しパン作りに取りかからなくては。

スノー・ワイトに留守番を任せ、ミーナと共に厨房に向かう。昨晩、ミーナが厨房に行ったときに、使う許可を得ていた。

ちなみに材料は御用聞きの修道女に頼んで、自費で取り寄せた物である。枢機卿に申告すれば食材などは支給されるようだが、面倒だったので自分で用意した。

それにしても、慈善活動をしながらコツコツ貯めたお金が、今役に立つなんて思いもしなかった。着られなくなったドレスを解いて小物入れやブーツカバーを作ったり、手作りしたお菓子を慈善市《バザー》で販売したりと、何かあったときに使おうと思っていたものである。

そんなことをしていたものだから、嫁がずにお金稼ぎばかりして、という陰口もたびたび小耳に挟んでいた。王女としての役割を果たしていない、とも。

実を言えば、レイナートがいなくなってから次々と縁談が届いていた。

兄曰く「意にそぐわなければ拒否してもいい」とのことだったので、すべてお断りしていたのだ。国のためになるのならば、いくらでも結婚する。けれども一方的に王女の立場を利用したいという意図が滲み出ていた縁談には、応じるわけにはいかなかった。

王女として生まれたからには、政略結婚をし、国家を繁栄に導かなければならない。そのためには、結婚する男性と私が互いに大きな利益を得られる関係でないとならないのだ。

本来、王女ともなれば他国の王族からの縁談も来る。

しかしながら屍食鬼の問題は深刻で、他国は特に被害の大きいワルテン王国から距離を取りたがっていたらしい。

大国出身である義姉と兄の結婚は生まれたときから決まっていたものだったが、それゆえに反対の声も高まっていた。婚約が破談となる、なんて噂《うわさ》も耳に届いていたものの、両親の死が結婚を後押しすることとなったようだ。

兄ですら義姉との結婚には苦労していた。その妹である私に、国同士の政略的な縁談なんて舞い込んでくるわけがなく……。

このような状況となれば国内で力を持つ貴族男性と結婚して、地盤を固める必要がある。

なのに兄は私と身内であるレイナートの結婚を望んでいた、なんて話を聞いたときは驚いたものだ。

それを耳にしたのは、彼が王宮から去ったあとだったので、なんとも空しい気持ちになっただけだったのだが。

王女として国を助けることもできない、役立たずだという現状に、胸がじくりと痛む。

「ヴィヴィア姫、どうかなさったのですか?」

首を横に振り、どうもしていないと答える。

幼少期から共に過ごすミーナは、私の気が塞ぐ気配を誰よりも早く察知する。けれども、彼女にだって私の悩みなんて言えるわけがない。

結婚することでしか自分の価値を証明できなくて苦しいだなんて、誰にも打ち明けてはならないのだ。

私は結婚して国を繁栄に導くために生まれてきたのだから、婚姻以外で生きる意味を見いだしたいというのは、思い上がりだろう。

美しいドレスに、意のままに動くメイドや侍女。豊かな教養に、取り巻く人々——私のために用意された恵まれた環境は、将来役割を果たすための先行投資なのである。

それらを裏切ってはいけない、絶対に。

――なんて考えながら歩いていたら、厨房に行き着いた。

エプロンをまとった修道女たちが、皿洗いをしたり、お昼の仕込みをしたりしている。

その片隅で、私たちは蒸しパン作りを開始した。

今回、バターが手に入らなかったようだ。なんでも酪農が盛んな町が屍食鬼に襲われ、牛乳の加工品が入荷できなかったらしい。食材からも、屍食鬼の被害が知れて悲しくなってしまう。

感傷にふけっている場合ではない。やるべきことをしなければ。ひとまずバターを油で代用し、蒸しパンを作ることにした。

まず、ボウルに溶き卵と砂糖、蜂蜜を加え、混ざってきたら貴重な牛乳と菜種油を加える。それに小麦粉とふくらし粉を加え、粉っぽさがなくなるまで混ぜ合わせた。

その間、ミーナはブリキの型に薄く油を塗る。これに生地を注ぎ、水を注いだ鍋に型を並べて蒸していくのだ。

二十分ほどで蒸し上がる。蒸しパンは生地を休ませる時間がないので、手早く作れるのだ。子どもたちの大好物でもある。

フワフワに膨らんだ蒸しパンは、雪が降り積もった山みたい。上手《うま》くできたので、ホッと胸をなで下ろす。

想定していたよりも材料が多かったので、次々と蒸しパンを作っていった。

いつもはひとつずつだが、今日はふたつずつくらい渡せるかもしれない。子どもたちが喜ぶ顔を想像すると、自然と口元がほころぶ。

「ヴィヴィア姫、たくさんできましたね」

「ええ」

手伝ってくれたミーナを労《ねぎら》い、ひとつ味見をしてみようと蒸しパンを手に取る。

「ヴィヴィア姫、とーってもおいしくできています」

「そう、よかった」

「バルテン卿にも渡したらどうですか？」

「いえ、レイナートは――」

私からこんなものを貰っても、嬉しくないだろう。

ふと視線を感じる。修道女たちがこちらを羨ましそうに見つめているではないか。厨房を使わせてくれたお礼として、働いていた修道女たちにも分けてあげた。

修道女たちはお返しとばかりに、お茶を淹《い》れてくれた。

皆で蒸しパンを囲み、ひと休みする。

好奇心旺盛な修道女が、瞳をキラキラ輝かせながら話しかけてくる。

「王女さまがこのように働き者だったなんて、驚きました」

「ちょっとアンナ。王女殿下に気安く話しかけるんじゃないの」

「いいえ、構いません。わたくしはもう王女ではありませんから、気さくに接してくれたら嬉しいですわ。それに、みなさんとたくさんお喋りしたいと思っていましたの」

すると修道女たちは頬を可愛らしく染め、嬉しそうな表情を見せてくれる。

「アデリッサさまとは大違いですね。あの人、いつも偉そうで」

よほど彼女に対する鬱憤《うっぷん》が溜まっていたのか、アンナと呼ばれていた修道女は強い口調で訴える。

「アデリッサさまは次期枢機卿だと噂されているバルテン卿との結婚が決まったからか、これまで以上にいばって勝手気ままに振る舞うようになったんですよ！」

「まあ、そう、ですの」

胸がズキンと痛む。

レイナートが枢機卿の仕事をしていたのは、次代を任される将来が待っているからだったようだ。

そして、彼はアデリッサと結婚する。

レイナートが枢機卿に抜擢《ばってき》されることについて、反対する者はいないらしい。王女だった私の護衛を務めるのも、枢機卿になるための実績のひとつなのだろう。その昔、今の枢機卿も王宮勤めをしていたようなので間違いない。

おめでたいことだが、どうやら祝福なんてできそうにない。

やはり、私は彼の傍にいないほうがいいのだ。


レイナートとミーナを伴い、王都の下町にある養育院を目指す。

馬車に揺られる間、レイナートは無言だった。それとなく、機嫌の悪さを感じてしまう。気まずい空気がひたすら流れていった。仕事なのだから、ごくごく普通にしていてほしいのだが……。

ひとつだけ、レイナートのために蒸しパンを取っておいたのだが、とても渡せるような雰囲気ではなかった。

やっとのことで養育院に到着する。蒸しパンが入ったかごは、レイナートが運んでくれた。

下町にある古い礼拝堂――それを再利用したのが今の養育院である。年季が入っているように見えるが、去年、修繕を行ったばかりだ。

古びた門をくぐると、子どもたちが私に気付いて駆け寄ってくる。

「ビーさまだ!」

「ビーさま!」

養育院には身分を偽ってやってきているので、愛称である〝ヴィー〟を名乗っていた。けれども子どもたちは上手く発音できずに、〝ビー〟になってしまうのだ。そんな舌っ足らずなところも、たまらなく可愛らしい。

「ビーさま、今日は男の人と一緒なんだね」

「もしかして、あのお兄ちゃんと、結婚するの?」

これまでミーナしかいなかったので、このような質問を投げかけているのだろう。いつもは護衛は養育院の外にいたというのを、彼らは知らないのだ。

レイナートが剣呑《けんのん》な空気を振りまいているので、子どもたちは少し怖がっている。

安心させるために、しゃがみ込んで説明した。

「彼は騎士さまで、わたくしを守ってくださるの。結婚相手ではなくってよ」

「なーんだ」

「つまんないの」

騎士だと聞いて男の子たちは警戒を緩めたようだが、女の子たちは不安げな表情を浮かべている。

ため息をひとつ零し、レイナートを振り返る。彼の腕を取って傍に引き寄せ、小声で耳打ちした。

「レイナート、そのように無愛想な表情では子どもたちが怖がります。もっと、やわらかな雰囲気でいてくださいませ」

レイナートは目を見開き、信じがたい生き物を見るような視線を投げかけてくる。

私がいきなり注意したので、驚かせてしまったのかもしれない。頬や耳がほんのり赤くなっているのは、怒りを感じたからなのか。

普段、他人を注意することなんてほとんどないのだが、子どもたちを想っての行動なので許してほしい。

振り返って子どもたちへ微笑みかけると、怖がる様子が和らいだような気がする。

私の背後に立つレイナートも、空気を読んでやわらかな表情でいることだろう。

それはそうと、気になっていることがあった。少し離れた場所に、二十名ほどの子どもたちが身を寄せ合っていたのだ。近くにいた女の子に、質問を投げかける。

「あの、あちらにいる子たちは初めて見たのですが、最近ここにやってきましたの？」

「そうだよ。屍食鬼に親を殺されて、身よりがないからやってきたんだ」

これまでひとりやふたり増えていることはあったものの、あれほどたくさんの子どもたちがやってきたことは過去になかった。女の子は背伸びをして、ヒソヒソと小声で話す。

「院長が知らない大人たちと話していたんだけれど、屍食鬼が多く出没していて、聖騎士さまが圧《お》されていて、前線がどんどん王都のほうへ下がってきているんだって」

これまで前線は北の渓谷〝フランツ・デール〟だった。そこからどんどん南下し、村単位での襲撃を受けたという。

初めて耳にする情報だったので反応に困る。もしかしたら、これから報道されるのかもしれないが。

子どものひとりが、突然目を輝かせる。レイナートを指差し、叫んだのだ。

「あのお兄ちゃん、聖騎士さまだ！」

「本当⁉」

「間違いないよ！　だって、聖騎士さまは白い恰好をしているから！」

子どもたちは歓声をあげ、レイナートを取り囲む。

レイナートはどう接していいのかわからないのだろう。戸惑っているようだった。

そんな騒ぎを聞きつけ、院長が走ってやってくる。

「こらー！　お客さまに何をしているのですか！」

「だって、聖騎士さまなんだもん！」

「院長よりも強いんだぞ！」

皆、レイナートの背後に隠れ、院長対聖騎士みたいになってしまった。レイナートと院長は、互いに困惑の表情を浮かべている。その様子を見て、笑ってしまった。

子どもたちは差し入れの蒸しパンを平らげたあと、レイナートのもとへ集《つど》う。

木の枝を手に、聖騎士ごっこをしているようだった。

初めこそレイナートは困った様子を見せていた。けれども今は、子どもたちを上手く指導しているように見える。

子ども相手だからだろうか。レイナートの表情はいつもより穏やかで、昔の彼を見ているようだった。

レイナートが大聖教会に行かずに私の傍にいたら、昔のように優しいままだったのだろうか――なんて空しいことを考えていると、先ほど屍食鬼の被害について教えてくれた女の子がやってきた。

「ねえ、ビーさま、ちょっといい？」

耳を傾けると、彼女はとんでもないことを口にした。

「昨日ここにやってきた子が言っていたの。屍食鬼が聖騎士さまの鎧をまとっていたって」

想定外の情報に、鳥肌が立ってしまう。

屍食鬼が聖騎士の鎧をまとっていたというのは、どういうことなのか。これまで目撃された屍食鬼は、人の形はしているものの、服を着ていたという情報はなかったはずだが……。

魔物である屍食鬼が、人と同じように服をまとっているというのはありえない。

「ビーさま、聖騎士さまは、あたしたちの味方よね？」

その言葉を聞いて、ハッと我に返る。子どもを不安にさせてはいけない。

もちろんだと頷いておく。

「よかった！」

彼女は笑みを浮かべ、私を見上げる。安心させるように、頭をなでてあげた。

最後に、院長が子どもたちへ話をする。私はしばらくここを訪問できなくなる、という旨を伝えてくれたのだ。涙ぐむ子もいて、心がぎゅっと締めつけられる。

「今度から代わりに、リリーさまという女性がいらっしゃいます。来てくださったときには、みなさん、仲良くしてくださいね」

院長が言ったリリーさまというのは、義姉の偽名だ。私の代わりに、養育院での慈善活動を引き受けてくれるのだという。ありがたい話である。

子どもたちと涙のお別れをし、大聖教会へ戻った。

レイナートは子どもたちにもみくちゃにされたからか、少しぐったりしている。

そんな彼に申し訳ないと思いつつ、疑問に感じていた件について問いかけた。

「レイナート、屍食鬼は人の形をしていると聞いたのですが、具体的にはどういう姿をしていますの？」

それを聞いた瞬間、レイナートは親の敵を前にしたような鋭い視線を向ける。

続けて、冷たく言い放った。

「それを知ってどうするというのです。あなたは屍食鬼と戦う術《すべ》なんて持たないのに」

知ることのどこが悪いのか。

腹が立ったが、彼と口論すると疲れてしまう。だから言葉を返さずに、そっぽを向いた。

二度とレイナートになんか質問するものか、と決意した日の話である。

翌日——大聖教会が一年に一度行っている、屍食鬼の被害を受けた人たちの慰霊祭に参加した。

だが、あろうことか枢機卿が私を紹介した際、「王女殿下も大聖教会を支持されている」という発言をしたのだ。

大聖教会には王族さえも従う、という意味合いが含まれているような気がして、腹立たしい気持ちになった。

こういうことが起こらないように王族の身分を返上したというのに……。

私室に戻ったあと、兄に向けて私が王女の立場ではないという報道をするように頼む文面を書く。

手紙を覗き込んだスノー・ワイトは、ボソリと呟いた。

『ただ報道するだけでは、誰も興味を持たないと思うわ』

「それは——」

『王女としての立場を捨てるに至った、衝撃的な理由が必要よ』

頭を抱える。政治的な理由ということはなるべく伏せたい。

ただ単に奉仕活動をしたかった、なんていうのはインパクトに欠けるだろう。

『多くの人たちが喜んで噂するネタってなんだと思う?』

「不祥事とか?」

『それ以外でよ』

「う————ん」

もともと噂話というのは好きではなかった。気になることがあれば憶測で話さず、本人から聞き出せばいいのでは、と考えていたからだ。

皆が総じて興味を持つネタについて、スノー・ワイトが教えてくれる。

『それはね、色恋沙汰よ』

「それも、憶測で話すんでしょう？」

『ええ、そうよ。真相がぼかされればぼかされるほど、注目を集めるの』

色恋沙汰なんて私には縁がなかった。

社交界で人気の貴公子を見てもピンとこなかったし、次々と届いた縁談にも心が揺れ動かなかったのだ。

「枢機卿に恋して、大聖教会に飛び込んだ、なんて嘘《うそ》を報道してもらったらよろしいの？」

『それはダメ！　美しくないから！』

「美しくないって……」

『うら若き乙女と干からびかけた枢機卿の恋に、誰がときめくって言うのよ！　人々が夢中になるのはいつだって、美しくて、秘めやかな恋なのよ！』

「秘めやか、ですか」

『そう！　だからね、報道するのはあなたとレイナートの恋よ』

「え!?」

スノー・ワイトは魔法で羽根ペンを動かし、便箋《びんせん》に文章を書き綴っていく。

『物心ついたときから傍にいた年上の男性への初恋——ずっと主従関係だったけれど、王女は恋心を胸に秘めていた。年頃になった春、男性は王女のもとを去っていく。王女は傷つきながらも初恋を忘れられず、ついには身分を捨てて男性のあとを追った』

スノー・ワイトはふんと鼻を鳴らし『完璧ね』と言いつつ、前足で便箋を差し出した。

「こ、これは」

『年上の男性ってぼかすのがいいのよね。よくよく調べたら、レイナートってわかるから』

「他人に迷惑をかけるのは、よくないと思うのですけれど」

『いいじゃない。レイナートは王家の生まれなんだから。彼は他人ではなくて身内よ』

「でも」

『でも？』

「は、恥ずかしいと思いまして」

先ほどから顔が熱い。どうしてかわからないけれど、猛烈に照れていた。

その理由を、スノー・ワイトはズバリと指摘する。

『恥ずかしいのは、これが現在進行形の話だからよ』

「げ、現在進行形!?」

『そうでしょう？　あなたはレイナートに恋しているの。昔だけでなく、今も！』

雷が脳天にドーン！　と落ちてきたような衝撃を受ける。

くらくらと目眩《めまい》を覚え、眉間を指先で解す。胸もドクドクと落ち着かない様子で高鳴っていた。

信じがたい言葉を、改めて聞き返す。

「わたくしが、レイナートに今も恋を？」

彼に対する愛情は、過去のものとしていたつもりだ。とうの昔に忘れたものだと思っていたのに。

『ふふ。やっぱり気付いていなかったのね』

レイナートが離れていったときに身を引き裂かれるような心の痛みに襲われた。それは今も彼に恋をしていたからだったのか。

「わたくしがレイナートに感じていた恋は、色あせていなかったのですね」

『そうなのよ』

自覚すると、途端に羞恥心に襲われた。全身が猛烈に熱い。私は自覚もないまま、レイナートへの恋心はなくなったものだと思い込んでいたのだ。

アデリッサさまとの結婚話を耳にしたとき、ショックを受けてしまったのはレイナートに未練がある証拠だろう。なぜ、今まで気付かなかったのだろうか。

言葉にできない複雑な気持ちを抱いていると思っていたのに、紐解いてみたら〝恋〟というなんとも単純な感情だった。

『そんな記事が世に出たら、きっとレイナートは困惑すると思うわ。あなた、彼に仕返しをしたかったのでしょう？』

「そんなことはないと思いますけれど」

『でも、心の奥底で、あなたはとっても怒っているわ。どうにかして報復したいと思っている』

勝手にいなくなって、再会したと思ったら辛辣《しんらつ》な態度で接してきて――。

そうだ。私はレイナートに対して怒ってもいる。

「記事を読んだら、レイナートは困惑したのちに、わたくしを大嫌いになるのでは？」

『そうかもしれないわ』

だったら、都合がいいのかもしれない。徹底的に嫌われて、顔も見たくないくらいの状況になったら、私も吹っ切れるだろう。

「わかりました。お兄さまに、これらの情報を報道していただくよう、お願いしてみます」

『ふふ、やったわ。発行されたら、あたしに一部分けてちょうだい』

スノー・ワイトは楽しげな様子で頼んできたのだった。


兄への打診から三日後に私に関する記事が掲載された。ワルテン王国内で発行部数の多い三紙の一面で報じられたのだ。

これならば、嫌でも国民たちの目に入るだろう。あとは、噂が広まるのを待つばかりである。

届いた見本紙を一通り読んだが、貴族向けのものはロマンチックに、大衆向けのものは事実を淡々と書き、ゴシップ紙は色っぽく、と掲載紙によってニュアンスはだいぶ違うようだ。

兄からの手紙には、ゴシップ紙への掲載は迷ったとあった。けれども、もっとも発行部数が多く安価なため、多くの人たちの目に留まる。義姉の勧めもあって、載せることを決めたという。

スノー・ワイトは新聞を嬉々として読み始める。

『やっぱり、ゴシップ紙の内容が一番面白いわ。ふふん、最高ね』

なんでも私が王女時代、初恋相手に処女を捧げたために、他の男性とは結婚できない、とまで書かれていたらしい。かなり過激な内容だった。

ミーナは低俗な記事だと怒ったが、これしか方法がなかったので仕方がない話である。

それでも彼女は眦に涙を浮かべながら訴えてきた。

「こんな記事が出回るなんて、名誉毀損《めいよきそん》です！」

「ミーナ、お願いですから、怒らないでくださいませ」

「しかし――！」

「わたくしは大丈夫ですので」

手紙を書いた時に席を外していて事情を知らなかったとはいえ、ここまでミーナが憤《いきどお》るとは思わなかった。彼女を抱きしめ、赤子をあやすように肩をポンポン叩く。私を大事に思ってくれるミーナが傍にいてくれることを、何よりも嬉しいと感じてしまった。

その日、以前レイナートが話していた女性の護衛騎士隊が結成された。五名の聖騎士が日替わりで護衛してくれるという。

話を持ち掛けた本人であるレイナートの姿はなかった。なんでも朝から枢機卿に呼び出されたらしい。彼の不在に、安堵《あんど》してしまったのは言うまでもない。

朝の礼拝を終え、犠牲者から寄せられた陳情書をまとめ上げ、休憩時間となる。

その日、朝から姿を見せなかったレイナートから逃げるように、図書室へと駆け込んだ。

屍食鬼について調べたかったのだ。

つい先日、私がレイナートに屍食鬼について質問すると、知ってどうするのか、と苛立ちを滲ませながら返された。きっとこの先も教える気はないのだろう。だから自分で調べるしかないのだ。

十五年前に突如として大量発生し、脅威となった屍食鬼。

それは人の形をしていて、人を喰らうおぞましい化け物だ。どこから現れたか、というのも謎に包まれている。屍食鬼に関する本は多くない。古くから存在していたとはいえ、十五年ほど前まではさほど被害が多くなかった、というのもあるのだろう。

そういえば、以前、兄から屍食鬼に関する報道は規制されている、なんて話を聞いた覚えがある。なんでも国民が恐怖に陥るからだという。

以前養育院で聞いた、前線が南下している、という話も大聖教会が国民に知れ渡らないようにしているのかもしれない。

屍食鬼に関する本は、さすが大聖教会と言えばいいのか、三十冊近く揃えてあった。著者のほとんどは、ドミニク・アスマンとあった。彼は大聖教会の専属錬金術師で、聖水を作った人物だ。屍食鬼から国民を救った英雄として、称《たた》えられている。

どれも似たような題名だったので、目の前にあった一冊を手に取った。

それには、なぜ屍食鬼に聖水が有効だったのか、という内容が書かれているようだが、回りくどい文章で、何が言いたいのかよくわからない。

挿絵として描かれた屍食鬼は人型のシルエットで、細部まで描かれているわけではなかった。そこにある本すべてを読んでみたのだが、挿絵に関してはどれも同じである。

これも、国民に恐怖を与えないように、はっきりとは描いていないのだろうか。よくわからない。屍食鬼に関する詳しい情報は本からも得ることはできなかったというわけだ。

屍食鬼に関する情報収集はいったんやめて、別の角度から調査してみる。

それは、人型の魔物について。

魔物図鑑はどこにでもあるもので、私も幼少期に目にした記憶がある。

スライムやコボルトなどの数が多くて有名なものから、聞いたことのない無名の魔物まで詳細に書かれた一冊である。

人型の魔物として有名なのは、鬼人《オーガ》や魚人《マーマン》だろうか。

基本的に人型の魔物には知能があり、討伐が難しいと書かれていた。

それらの人型魔物は、人間のように服などまとっていない。

ところが、ページを捲《めく》った先の魔物は鎧を身に着けていた。

「白骨騎士《スケルトン》――！」

それは恨みを持って死した人の屍《しかばね》から生まれた魔物らしい。主に死霊術士の呪いから誕生するようだ。

他にも不死怪物《アンデッド》と呼ばれる、生き物の死体を使役する死霊魔法が存在するという。

それは人に限定せず、犬や猫などの生き物の死体すべてにかけられる魔法らしい。

この不死怪物の絵が、先ほど見た屍食鬼のシルエットによく似ていた。

「ねえ、ミーナ。屍食鬼って、不死怪物のことだと思いません？」

「うーん、たしかにちょっと似ている気がしますね」

不死怪物は死霊術士から受けた魔力を動力源とするが、生き物を襲い、魔力を吸収することも可能であるらしい。

ならば、この騒動の黒幕は死霊術士なのだろうか？

考えてみたものの、ある違和感を覚える。

「けれども、屍食鬼の被害者の多くは成人した大人。不死怪物ならば、弱い子どもを狙いますよね？」

「ああ、そうですよね。不死怪物は死体を掘り起こして使役するので、その体はほとんど腐っていて、強い力はないという話ですし」

ミーナと共に小首を傾げているところに、図書室の扉が勢いよく開かれる。やってきたのはレイナートだった。

怒りの形相でこちらにやってきて、手にしていた新聞をテーブルに叩きつける。

「ヴィヴィア、これはなんなのですか⁉」

レイナートによって握りつぶされていたそれは、あろうことか過激な内容が書かれたゴシップ紙であった。

大聖教会へ身を寄せてからというもの、レイナートのさまざまな怒りの感情を目の当たりにしてきた。けれども今、この瞬間がもっとも怒っていると言っても過言ではないだろう。

よりによって、三紙出た新聞の中からゴシップ紙を手にしてしまったなんて。ついていないとしか言いようがない。

彼が怒るのも無理はないだろう。処女を捧げたなんて、でっち上げられたのだから。

実名は書いていないとはいえ、私の傍にいた近しい男性なんてレイナートしかいない。年に一度あった露台《バルコニー》から行われる国民への顔見せでも、レイナートはずっと私の隣にいた。国民ですら、相手はレイナートだろうなと勘づくに違いない。

ここは彼の怒りを一身に受けよう。

そんな覚悟をもって、レイナートと視線を合わせる。

「ごめんなさい。ここしばらく、騒がしくなると思うけれど」

「そんなことはどうでもいいのです」

レイナートはテーブルに手をつき、身をかがめて接近する。整った顔が眼前に迫る。怒っていても、レイナートは美しかった。

そんな彼が、地を這うような低い声で問いかけてくる。それは、私が欠片も想像していなかった質問であった。

「ここに書いてあった相手は、いったいどこの誰なのですか？」

「え？」

「あなたの想い人は、大聖教会の誰かと聞いているのです！」

レイナートの睨みは鋭くなり、声も低くなっていく。けれどもそんなことはどうでもよかった。

「あの、レイナート、今、なんとおっしゃいました？」

「あなたは誰に想いを寄せていたのか、と聞いたのです。隠さず、正直に言ってください」

「正直に、と言われましても」

「まさか、ドミ——スマンなのですか？」

誰かの名前を口にしたものの、早口だったので、聞き取れなかった。

ただ、様子から察するに、報道されている相手がレイナート自身だと思っていないようだった。

「嘘、でしょう？」

危うく、笑ってしまいそうになる。慌てて口元を押さえた。だが、間に合わずに少しだけ声が漏れてしまった。

「——うっ、ふっ……！」

「泣きおとしは効きません。正直に答えてください」

堪《こら》えた笑いは、嗚咽《おえつ》と勘違いされたらしい。彼は本当に、新聞に書かれてあった初恋の相手が自分だとわかっていないようだった。

「陛下の代わりに、私が相手を把握しておく必要があります！」

もう限界だ。レイナートの質問を無視し、立ち上がる。

「っ！　ご、ごめんなさい！」

その場から全力疾走で立ち去る。レイナートはあとを追おうとしたが、護衛騎士の「警護は私たちにお任せください」という声に制止されたようだ。

部屋に戻るなり、私は寝室に飛び込む。枕に顔を押し当てて、大爆笑してしまった。

その様子を不思議に思ったスノー・ワイトが、寝台に跳び乗って問いかけてくる。

『何か愉快なことでもあったの？』

「ええ」

しばらし大笑いしたあと、スノー・ワイトに説明した。

「というわけで、レイナートは初恋相手が自分だって、勘づいていなかったというわけ」

『難儀な男ね。これまで自分が大切に思っていた王女殿下に、悪い虫が付いていたんだって知らされて、激怒していたってわけなの』

今回の件で気付いてしまう。

私がレイナートに対して抱いていたのは恋だった。けれども、レイナートが私に抱いていたのは家族愛なのだ。

だって、レイナートは言ったのだ。兄の代わりに、相手が誰だったか把握しなければならない、と。

レイナートは私が子どものときからずっと、兄のような愛で接していたに違いない。

それを思うと、今度は泣けてくる。

『あなたの感情、まるで沈んでいく夕日みたいね』

地平線に浮かび、あっという間に消えてなくなる夕日――たしかにそうだ。

少し前まで楽しかったのに、今はまるで暗闇の中を彷徨《さまよ》っているような気分だった。

「でも、これでよかったのかもしれません」

『あら、どうして？』

「レイナートに恋心が知られずに済んだので」

『ふうん、そう。あなたの恋は、複雑なのね』

それは絡みに絡んだ刺繍糸《ししゅういと》みたいだ。あまりにも複雑に絡みすぎて、きれいに解くのを諦めてしまった。そんな刺繍糸はもういいやと放置されてしまう。一生懸命解いている余裕なんてないのだ。

心の中で輝いていた恋は一方的なものだった。一生気付かなければ、幸せだったのかもしれない。

「恋心なんて、叶わないとわかった瞬間に消えてなくなればいいのに」

レイナートへの恋慕は、思い出とともに大切にしようと思っていた。それなのに、今はわだかまりとなって心の中でもやついていた。


夜――落ち込んでいた私に追い打ちをかけるかのように、アデリッサさまがやってくる。

勢いよく扉を開き、ずんずんと大股でやってきたのだ。

「これ、どういうつもりなの？」

足元に叩きつけられたのは、貴族向けに発行されている新聞である。

「あなた、やっぱりレイナートさま目当てで大聖教会へやってきたのね！」

本人には伝わらなかったのに、アデリッサさまにはきっちり伝わったようだ。

「こんな手を使ってレイナートさまを射止めようとするなんて、ずる賢いとしか言いようがないのよ！」

今回の件が悪知恵だったことは素直に認めよう。けれども、それをきっかけにレイナートの気を引こうとしていたわけではない。その点だけは否定しておく。

「アデリッサさま、わたくしは別に報道を利用して、レイナートの気持ちをこちらに向けようと考えていたわけではありませんの」

「だったらどうして、このように低俗な記事が掲載されるの？　こんな醜聞、王族の権限でいくらでも止められたはずなのに」

「報道の自由というものがありますから。それに、もうわたくしは王女ではありませんし」

これで話は終わりだと思いきや、アデリッサさまは勝ち誇ったような微笑みを浮かべる。

「まあでも、落ち着いていられるのも今のうちだわ」

「どうしてですの？」

「お父さまが、レイナートさまとの結婚時期を早めようと言っているの。私は近いうちに、レイナートさまの妻になるのよ！」

ああ、そういうことか、と納得する。

何も思わないわけではない。けれども、レイナートが決めたことだ。それに関して何か物申す権利なんてあるわけがない。

「どうして黙っているの？　なんとか言いなさいよ」

「……どうか、お幸せに」

悔しがってほしかったのか、アデリッサさまは「何よ、それ」とだけ返し、そのままいなくなってしまった。


レイナートはアデリッサさまのご実家に呼び出されたらしい。

彼女の生家であるノイラート家は国の西方にある領地を治めている。距離にして馬車で三日といったところか。

そのため数日の間、レイナートは姿を現さないだろうと護衛騎士が話していた。

昨日、彼の怒りを目の当たりにした上に、恋が破れたと自覚したばかりだったので、顔を合わせずに済んだのはよかった。

今日も今日とて奉仕活動を行う。任された作業は、屍食鬼の被害状況の報告書をまとめること。

屍食鬼は日々勢いを増しているようで、損害は拡大しているようだ。

死亡したのは大人ばかり。年齢で分けると、六十歳以上が七割であった。そこから年が若くなるにつれて、死なずに怪我だけの被害が増えていく。

ある地域では、子どもの犠牲者がひとりもいなかったという。

屍食鬼は高齢者を狙って襲っているように思えてならない。これはどういうことなのか。

こうやって屍食鬼についての情報に触れると、不可解な点が多すぎた。

作業に没頭していたのだが、枢機卿に呼び出される。

直接呼び出すなんて、何事なのか。面倒だが、応じるしかないだろう。

ミーナと共に、しぶしぶ枢機卿のもとへと向かった。

執務室のテーブルには、例の新聞が丁寧に並べられていた。

「これはどういうことなのか、説明をしていただきたく、参上を願った」

「はあ」

新聞紙には丁寧にアイロンが当てられていた。

見目をよくするために、このようなことをするのだ。そんな行為を命じている暇があれば、決裁のひとつでも片づけたらいいのにと思ってしまう。こうして私を呼び出す時間ですら、まったくもって無駄ではないか。

「これはどういう意図で、王室の確認をすり抜けて報じられたのだろうか？」

「さあ、存じ上げません。わたくしはもう王女ではありませんので」

きっと誰かが、新聞の報道には書かれていること以外の意図があると意見したのだろう。もしかしたら、レイナートが指摘したのかもしれない。

「この報道の影響で、大聖教会が恋に悩んだ者の逃げ場所だと囁かれているらしい。どう責任を取るつもりか？」

「それは――」

別に大した問題ではないのでは？　なんて言葉が出そうになったものの、ごくんと呑み込んだ。

「新聞に書かれていた処女を捧げた初恋相手というのはもしや――」

心の中で先にレイナートに謝っておいたが、枢機卿はあろうことか別人の名を口にした。

「ドミニク・アスマンなのか？」

「え⁉」

「たしかにあの男は年齢的につり合うが、身分に差がありすぎる」

大聖教会の専属錬金術師、ドミニク・アスマン——その名前に覚えがあった。屍食鬼についての書籍を執筆した者の名前である。

どうやら彼は、思っていたよりも年若い青年らしい。勝手に枢機卿と同じくらいの年齢だと思っていたのだが。

それにしても、初恋相手が彼と勘違いされるなんて。

「どうして彼だと思ったのです？」

「即位記念パーティーで、一緒に踊っていただろう？　一時期だが、王女の秘かな恋人かと噂になっていた」

そういえば、と思い出す。

即位記念パーティーで誰かと踊ったような気がした。けれども当時は兄の即位でバタバタしていたため、疲労が溜まりに溜まっていた。パーティー中もぼんやりしていたので、記憶が酷く曖昧《あいまい》で名前すら覚えていなかった。まさかそんな噂があったとは。

そういえばレイナートが早口で言ったのも、彼の名前だった気がする。

「ドミニク・アスマンは今、フランツ・デールにいる。すぐには会えない」

「そうでしたのね」

これに関しても驚いた。聖水を作った彼は大聖教会出身の英雄として、総本山のここで信仰を集めているものだと決めつけていた。

「アスマンさまはフランツ・デールで何をされていますの？」

「屍食鬼に関する情報を集めているようだ。月に一度帰還するようにと命じているのに、いっこうに戻ってこない」

「まあ……！」

それだけ熱心に調査しているので、あれだけ多くの書籍が出せるのだろう。

「それはそうと、下世話な噂話を打ち消すいい話がある」

「なんですの？」

枢機卿はにやり、と寒気がするような笑みを浮かべる。嫌な予感しかしなかった。

「早々に儂と結婚すればよい」

「猊下とわたくしが、結婚を？」

「そうだ。さすれば、今噂されている醜聞は打ち消され、祝福と成り代わるだろう！」

思いがけない提案に、全身に鳥肌が立った。

初恋相手を追って大聖教会へやってきたという話が、どうして枢機卿との結婚で祝福事に変わると思ったのか。理解ができない。

「あの、猊下は喪中ではないのでしょうか？」

「その決まりは撤廃した。孫娘であるアデリッサを結婚させたいので、決まりをなくすようにと息子から申し出があったのだ」

「は、はあ」

自分たちの都合がいいように、古くからあるしきたりや慣習を撤廃するという手段に出ていたようだ。

「アデリッサは三名も結婚候補がいてな。誰を選んだのやら。ここ数日、忙しかったからな」

孫娘の結婚相手を把握していないとは、なんとも無責任である。その前に、仕事のほとんどはレイナートに押しつけていたので、忙しいわけがないのだが。

私は先ほどからため息を何度も呑み込んでいた。

「そうだ！　挙式はアデリッサと一緒にしようか。美しい花嫁がふたりもいる結婚式など、前代未聞だろう」

孫娘と同日に、孫娘と同じ年頃の花嫁を迎える男性、という点で言えば前代未聞かもしれない。呆れるを通り越し、理解できない発言の数々に恐れおののく。恐怖から全身がガタガタと震えてしまった。

「ふたりお揃いの、膝丈のドレスはどうだろうか？」

「気持ち悪っ!!」

「へ？　今、なんと申した？」

「あ、えっと、なんだか、ぐ、具合が、とっても悪くなりまして……」

即座にミーナがやってきて、私の体を支えてくれる。

「ヴィヴィア姫、顔色が悪いです。お部屋に戻りましょう」

「いや、待て。話は終わっていないぞ」

「は、吐き気が！　う、うぐっ！」

そう訴えたら、枢機卿は止めずに退室を許してくれた。


顔面蒼白で戻ってきた私とミーナを見たスノー・ワイトは、不審に思ったらしい。

『ふたりとも、どうしたの？』

「枢機卿からとんでもない提案を受けましたの」

「酷いんです！　新聞で報じられた醜聞の責任を取れと、ヴィヴィア姫に結婚を迫った挙げ句、孫娘と一緒の日に、丈が短いドレスを着て式を挙げようって言ったのですよ！」

スノー・ワイトはにんまりと口角を上げ、楽しげな様子で話を聞いていた。

『それで、あなたはなんて言葉を返したの？』

「正直に、気持ち悪いと申しました」

『枢機卿に、直接言ったの？』

「ええ」

『やだ、最高じゃない！』

尻尾を揺らしつつ、スノー・ワイトは楽しげに笑い始める。私にとっては笑い事ではないのだが。

『それで、枢機卿が激怒したわけ？』

「いいえ。具合が悪い方向の気持ち悪いと勘違いさせることに成功しました」

『さすがだわ！　ずる賢い言い訳ね！』

「普段、狡猾で腹黒い枢密院のお爺さま方とバチバチ言い争っていましたから」

この際、ずる賢いというのは褒め言葉として受け取っておく。

『あなたからしたら、枢機卿なんて敵ではないのね？』

「ええ、まあ」

枢密院の老臣に比べたら、枢機卿は難敵ではない。ただ、彼らよりも権力を持っているのが大問題なのだが。

『それであなた、どうするの？　まさか、本当に枢機卿と結婚するつもりはないのでしょうね？』

「それが国のためになるのならば、わたくしは結婚したでしょう。けれども、今となっては枢機卿と結婚して得る利益はないと思っています」

『だったらどうするの？』

ここ数日、悩んでいたことを決行することにした。枢機卿のおかげで、腹を括《くく》れたのだ。

「わたくし、フランツ・デールに行きます！」

『フランツ・デールって、屍食鬼がたくさん出没するところじゃない！』

「そ、そうですよ、ヴィヴィア姫！　危険です！」

前線はフランツ・デールよりも南下している。よりいっそう危なくなっているというのは重々承知の上である。

王女という身分を返上した今、私にできることは奉仕活動のみ。

フランツ・デールをはじめとする前線では、今も多くの聖騎士たちが屍食鬼と戦っている。

傷つき、苦しんでいる人だって大勢いるはずだ。

「そんな人々を励ましたいと、わたくしは思っているのです」

「ヴィヴィア姫……！」

フランツ・デールに行くと言ったら、枢機卿との結婚問題も遥《はる》か先へと延ばせるだろう。

レイナートとだって、顔を合わせずに済む。

「少々ですが、回復魔法を使えますし、その、傷ついている人の手助けもできるかと」

『でも、屍食鬼から受けた傷は聖水でしか癒やせないのでしょう?』

「そうですけれど……。聖水の処置を待つ間、回復魔法で痛みを和らげることくらいはできると思います」

『誰かのために行動したいと思う気持ちは立派だけれど……』

気持ちだけではない。しっかり支援しつつ、現地で戦う聖騎士たちの心の支えにもなりたいのだ。

もうひとつ目的があった。これは叶うかわからないけれど、可能であれば実行したい。

「屍食鬼の被害がある現地から新聞社に情報を送るので、それを報道していただきたいなと考えているのです」

毎日、各社の新聞を確認しているものの、大聖教会に報告されている屍食鬼の被害の一割も報じられていない。

皆、屍食鬼に関する情報は風の噂から得て、さらなる恐怖の原因となっているのが現状である。

「記者に同行いただけたらと思っているのですが、難しいようであればわたくしが取材や記録を行います」

ミーナとスノー・ワイトをまっすぐ見つめながら訴えたら、賛成はしないものの、反対意見は口にしなくなった。

『あなたが望むのならば、あたしはそこについていくまでよ』

「スノー・ワイト、一緒に来ていただけるの？」

『契約主とは遠く離れられないようになっているのよ』

「そうでしたのね」

「ヴィヴィア姫、私も同行します」

「ミーナ……」

彼女の忠誠心には感謝しているものの、ミーナには家族がいる。私が連れていっていいものかと迷ってしまった。

「一度、ご家族に相談したほうがよろしいかと」

「いいえ、ご一緒します。家族は私の仕事を理解しておりますので、反対はしません」

「そう。でも、念のため相談してくださいませ」

「わかりました」

そんなわけで、私たちの次なる目的地はフランツ・デールとなった。

まずは兄に手紙を書き、計画について説明する。兄は強い反対はしないけれど、賛成もしないという姿勢だった。私の決めたことを尊重してくれるらしい。

ちなみに、義姉は大反対で、今すぐ戻ってこいと訴えているという。義姉が大聖教会に乗り込んでくるまでに、なんとかフランツ・デールに行かないといけないだろう。

報道に関しては兄も賛成してくれた。

屍食鬼について、どうやら大聖教会が新聞社に詳しく報じないよう圧力をかけているようで、大きな情報操作が行われているようだ。

なので屍食鬼に関しては兄が作った貴族向けの新聞を出す新聞社で報じる、という方向性でまとまった。

同行する記者は見つからなかったが、記録はスノー・ワイトが手伝ってくれるようだ。

ミーナは家族の理解を得て、正式に同行することが決定する。いつも苦労をかけて、心から申し訳ないと思ってしまった。

準備する途中で、レイナートが帰ってきたという話を小耳に挟む。結婚の支度で忙しいのか、私の前に一度も現れなかった。

アデリッサさまは実家から戻っていないらしい。きっと、母親と婚礼衣装の準備でもしているのだろう。

フランツ・デールへ行く許可を枢機卿に取りに行ったところ、やはり反対された。これも想定済みである。

「ドミニク・アスマンが目的なのか？」

「いいえ。なぜ彼が出てくるのです？」

「は、初恋相手なのだろう？」

「違います。報道に書かれてあったことは真実ではありませんわ」

「だったらなぜ、フランツ・デールなんかに行く？」

ここでスノー・ワイトが考えてくれた演技を、披露することとなった。思いっきり体をくねらせ、上目遣いで枢機卿を見つめる。

「わたくし、このままでは猊下に相応《ふさわ》しくないと思ったのです」

「儂に、相応しくない？」

「ええ。ですから、フランツ・デールで奉仕を行い、猊下の隣に立つ女性として相応しくなったら、戻って参ります」

「お、おお！　そこまで考えてくれたのか‼」

感激のあまり抱きついてきそうになったが、それは護衛が止めてくれた。

心の中で盛大に感謝する。

「して、いつ行くのだ？」

「明日です」

「は？　あまりにも急ではないのか？」

「ですが、一日でも早く、猊下の花嫁になりたいと思いまして」

本当のところ、大聖教会へ戻るつもりはない。命が尽きるまで、人々に助けの手を差し伸べるつもりだった。それが、王女だった私にできる最大のお役目だろう。

枢機卿はキリリと表情を引き締め、見送る姿勢を取った。

「わかった。気を付けて行って参れ」

「はい！」

そんなわけで、フランツ・デール行きがあっさり決まった。

レイナートが結成させた護衛部隊は解散となる。彼女たちは大聖教会の本拠地勤務で、フランツ・デールに連れていくわけにはいかないから。

短い間だったが、私のために体を張ってくれた。感謝しかない。

フランツ・デールまでは、魔石飛行車で二日かかる。

魔石飛行車というのは、空飛ぶ馬車のようなものらしい。一部の富裕層の中で地上を走る魔石車が流行《はや》っているのは知っていたものの、それの飛行型があるとは知らなかった。

この魔石飛行車は例のドミニク・アスマンが製作したという。彼は聖水だけでなく、さまざまな魔技巧品を作っていて、大聖教会でのみ使えるように特許を取っているそうだ。

途中、屍食鬼の被害に遭った町や村に支援物資を配るというので、慰問ができたらいいなと考えていた。

もしも兄や義姉のもとに帰ることができなくなったときに備え、手紙を書いておく。最後に、いかにふたりに感謝し、愛しているかを書き綴った。

便箋はレイナートの分も用意していた。けれども彼は、私に黙って大聖教会へ行ったのだ。別に、手紙を残していく必要なんてないだろう。

最後に一言挨拶くらいと思ったものの、今日もレイナートは忙しくしているようで、私室にすら戻っていないようだった。

荷物をまとめ、部屋の掃除をしているところに、扉が勢いよく叩かれる。

「どなた？」

「私よ!!」

この強気でハキハキした喋りは、アデリッサさまに間違いない。

扉を開いた瞬間、彼女は大股で部屋に入り、想定もしていなかった行動に出る。

手を振り上げ、思いっきり頬を叩いてきたのだ。バチン！　と派手な音が鳴り響いた。

ミーナが慌てて寝室から飛び出てくる。

「何事です――ヴィヴィア姫!!」

私の頬が赤く腫れているのに気付き、即座に駆け寄ってきた。

「な、なんてことを……！」

ミーナは責めるようにアデリッサさまを見つめる。そんな彼女を、アデリッサさまは追い払うように手を振った。

「あなた、騙したわね！」

「わたくしが何を騙すというのです？」

「レイナートさまのことよ!!」

いったい何が起こったのか。まったく身に覚えがない。

「あなた、レイナートさまにまったく興味がありません、なんて顔をして、やっぱり裏で繋がっていたのね!!」

「あの、なんのお話でしょう？　わたくし、まったく心覚えがありませんの」

「だから、レイナートさまのことよ。婚約破棄されたの！　あなたが何か言ったからでしょう？」

「し、知りませんわ、そんなこと!!」

「嘘おっしゃい!!」

アデリッサさまは再び手を上げたが、今度はミーナが腕を掴んで事なきを得る。

いくら威勢がいいお嬢さまでも、戦闘訓練を積んでいるミーナには敵わないのだ。

ミーナが手を離すと、アデリッサさまは目にも留まらぬ速さで後退《あとずさ》る。

「知らないなんて言わせないわ！　レイナートさまは私の実家にまでやってきて、わざわざ婚約を断ったの。それも、あなたが指示したのでしょう!?」

「だから、知らないと言っているでしょう」

「あなたはこのあとレイナートさまと結婚して、私を見下すつもり？」

「結婚なんていたしません。そもそも、わたくしは明日からフランツ・デールに行く予定ですから」

私が屍食鬼のはびこる前線に行く話は知らなかったのだろう。瞳を大きく見開き、信じがたいという視線を向ける。

「レイナートと結婚を約束した者が、フランツ・デールになんか行くわけがないでしょう？」

「で、でも、そんなことをして、レイナートさまの気を引くつもりではないの？」

「戯《ざ》れ言《ごと》はおよしになって。どこの誰が、殿方の気を引くために命を懸けるというのですか」

返す言葉が見つからなかったのだろう。アデリッサさまは悔しそうな表情で、唇を噛んでいる。

「アデリッサさまも、結婚の予定がなくなったのならば、フランツ・デールにご一緒しませんこと？」

「じょ、冗談ではないわ！　結婚の予定がなくなったわけではないのよ。相手がレイナートさまじゃないだけで」

アデリッサさまは苦虫を噛み潰したような表情で、ある情報を提供する。

「あなたがフランツ・デールに行くから教えてあげるけれど、レイナートさまは昔から想いを寄せる大切な人がいるのよ。あなたなんて、眼中にないんだから！」

「あら、そうでしたの」

思っていた反応を得られなかったアデリッサさまは、無言で去っていく。

出発前に、とてつもない嵐に遭遇してしまった。

その後、叩かれた頬はミーナが冷やしてくれた。

「レイナートはアデリッサさまのご実家に結婚前の挨拶に行ったのではなかったのですね」

「ええ、驚きました」

これ以上ない良縁だというのに、どうしてレイナートは断ったのか。想いを寄せる相手に操を立てたつもりかもしれないが、立場がある者の結婚はそもそも愛情が伴うものではないのに。謎でしかない。

「まあでも、わたくしには関係のない話ですから」

相手がアデリッサさまでなくても、レイナートは誰かと結婚する。

どこかにいるであろう想い人と、いつか幸せになるのだ。

これ以上、彼の縁談話を聞きたくないので、ここを去る決断をしたのは正解だった。

そう、自分に言い聞かせる。

第三章　王女は戦地へ身を投じる

翌日も、レイナートと会えなかった。仕方がないので、そのまま出発する。

ミーナが心配そうに私の顔を覗き込み、言葉をかける。

「バルテン卿を捜してきましょうか？」

「いいえ、大丈夫。きっと会ったら――」

悲しくなってしまうだろう。

レイナートの心の中には、愛すべき女性がいる。そんな彼の前で、素直な気持ちのままお別れの挨拶なんてできるわけがなかった。

もう、会わないほうがいい。レイナートの不在は逆に都合がよかった。

「ミーナ、行きましょう」

「は、はい」

ミーナが持ち上げた手提げかごの中から、スノー・ワイトが顔だけ覗かせて叫んだ。

『ちょっと！　あたしもいるわよ！』

「はいはい。スノー・ワイトも一緒に行きましょう」

『もちろんよ。忘れないでね』

「肝に銘じておきます」

旅行鞄を手に、私たちは旅立つ。これから何が起こるのか、まったく想像できない。

けれども、前に進むしかないのだ。

柱廊を歩いていると、後ろ髪を引かれるように振り返る。

驚いたことに、レイナートが歩いてきていた。目が合ったような気がして、どくん！　と胸が大きく跳ねる。

レイナートはすぐに立ち止まり、顔を逸らす。露骨に拒絶するような態度を取らなくてもいいのに……。

「ヴィヴィア姫、どうかなさったのですか？」

「いいえ、なんでもありません」

もう振り返らない。過去も、今も。そう胸に決意し、私は大聖教会をあとにしたのだった。

◇　◇　◇

魔石飛行車は思っていたよりも大きかった。馬車四台分くらいだろうか。

大きな車輪がついていて、魔力で作った線路を走っていくらしい。話に聞いただけでは、本当に空を飛ぶのか信じがたい気持ちになってしまう。

私が呆然としている間に、支援物資が次々と運びこまれていった。最後に私たちが乗ると、魔石飛行車は飛行準備に取りかかり始めた。

内部は広く、二十名ほど乗れるだろうか。車内に運転席があり、円形の持ち手で方向を調整し、速度は足元にある加速、減速、停止の踏み板で制御するようだ。

護衛の聖騎士が三名いて、彼らが座る場所以外は荷物が置かれていた。

自分の荷物は座席の下に押し込んでおく。スノー・ワイトは手提げかごの中から出て、私の膝の上に座った。重さを感じないので、まったく問題はない。

「ヴィヴィア姫、本当にこの乗り物は空を飛ぶのでしょうか?」

「わたくしも、信じがたい気持ちでいるのですが」

なんてミーナと話をしているうちに、運転手から「離陸します」との声がかかる。思わず、スノー・ワイトを抱きしめてしまった。

大きな車体はガタリと動き、のろのろと走り始める。馬が引くことなく、車が勝手に動くだけでも驚きだ。

そうこうしているうちに、車体が浮いていく。窓を覗き込むと、地上がどんどん離れていくではないか。

「まあ! ミーナ、スノー・ワイト、ご覧になって!」

「ええ、ええ。すごいです」

『本当に空を飛んでいるわ。人間の技術って、案外バカにできないのねえ』

初めて空を飛んだ私たちは、飽きるまで窓の外の景色を眺めていたのだった。

だが浮かれていたのは最初の一時間くらいで、山を越えた先にある町に辿り着いた頃には誰もが言葉を失っていた。

そこは、屍食鬼の襲撃によって大火災が発生し、町の半分が炎に呑み込まれてしまっていたのだ。

この町の状況については、今日初めて知った。これだけの被害がきちんと周知されていなかったのは、驚きを通り越して怒りさえ覚える。

大聖教会が町の外に天幕で作った簡易的な住居を提供し、毎日炊き出しなどをして支援しているようだ。周囲は聖騎士が守っているようで、危険はないという。

普段、魔石飛行車は支援物資の運搬に使っているようで、着陸した途端に修道女や修道士たちが駆け寄ってくる。

荷物は次々と下ろされ、最後に私たちも降りて外の空気を吸うように言われた。

運転手が、その理由を教えてくれる。

「空の上は魔力濃度が高くて、飛行車の中でも長時間いると具合が悪くなってしまうんです。一応、強い結界で魔力の干渉を避けてはいるのですが、それでも影響はあるようで」

「そういうわけでしたのね」

この世界は〝世界樹〟と呼ばれる魔力を溜める巨木を土台とし、長きにわたって存在していた。

月から降り注いだ魔力は世界樹がそのほとんどを吸収し、広く張った根を通して各地に供給される。空中には世界樹が吸収する前の濃い魔力が漂っているのだろう。

魔石飛行車から降りると、呼吸がしやすいような気がした。気付かないうちに、高濃度魔力の影響を受けて息苦しい状態になっていたのかもしれない。

せっせと働く修道女のひとりに声をかける。

「あの、わたくしに手伝えることはありますか？」

「はい――って、王女殿下でしょうか⁉」

「ええ。元王女ですけれど」

彼女は目をまんまるにして驚いていた。なんでも長いことここで働いていたらしく、私が王女の立場と王位継承権を返上した話は知らなかったらしい。

「でも、新聞は三日に一度まとめて届けられているんです。その、私が読んでいなかっただけで……。申し訳ありません」

「いえ、どうかお気になさらずに」

子どもたちに向けた支援物資があるということで、それを運ぶ作業を手伝うこととなった。

「あっちに黄色い旗が立っているんですけれど、そこがその、親を亡くした子どもたちが集まっている天幕なんです」

支援物資の中にはお菓子が入っているという。天幕を開いて修道女が声をかけても、子どもたちのほとんどは反応を示さない。

無理もないだろう。突然屍食鬼に襲われ、親を亡くしてしまったのだから。

何か力になれないか。傍にいた八歳くらいの女の子に声をかけてみる。

「お菓子、食べてみません？」

私の声に反応し、こちらをじっと見つめる。虚《うつ》ろだった瞳が、探るようにこちらに向けられた。

「え、もしかして、ヴィヴィア王女さま？」

「えっと、ええ」

戸惑いつつ頷くと、女の子は立ち上がる。背後の子どもたちを振り返って叫んだ。

「ねえ、みんな、ヴィヴィア姫がやってきてくれたわ！」

皆、身をかがめて蹲《うずくま》っていたが、立ち上がって私のもとへ集まってきた。

「本物の王女さまだ！」

「きれい。お人形さんみたい」

「こんなところにくるなんて！」

私を見つめる子どもたちの瞳は、キラキラ輝いていた。今だと思い、お菓子を配る。

「どうぞ。よろしかったら召し上がって」

「あ、ありがとう」

次々とお菓子を配っていく。皆、嬉しそうに受け取ってくれた。

それから子どもたちの話に耳を傾ける。両親を失い、不安な毎日を過ごしていたらしい。

養育院に連れていく、という話もあったようだが、生まれ育った町を離れたくないと言って留まっていたそうだ。

「養育院は優しい院長先生と、楽しい仲間たちがいますの」

「だったら、行ってみようかな」

「僕も」

「私も」

ここにいる全員、養育院に身を寄せる覚悟を決めてくれたようだ。

滞在は一時間半くらいだったが、あっという間だった。子どもたちに笑顔が戻ってきた、と修道女に感謝される。

「王女殿下、本当にありがとうございました！」

「いえ……。お役に立てて何よりです」

これまで養育院の子どもたちと接していたおかげで、今日は上手く振る舞えたのだろう。私がこれまでやってきたことは無駄ではなかったのだ。

地上から子どもたちの見送りを受けつつ、魔石飛行車は飛び立つ。

そうして私たちは次なる目的地を目指したのだった。


それから二日間かけて各地を転々とし、被害に遭った人々を慰問して回った。

思っていたよりも私の顔が知れ渡っていたのには驚いた。

なんでも建国記念日で販売される記念品《スーベニア》に私や兄の顔が描かれているので、王都から遠く離れた地域の人たちも顔を把握しているらしい。

どこに行っても喜んでもらえたので、勇気を出してやってきてよかったと思った。

大聖教会から出ていくという判断は、間違いではなかったようだ。

最後の町を発《た》つと、あっという間にフランツ・デールに辿り着いた。

聖騎士たちの拠点となっているのは、かつて礼拝堂があった場所である。

礼拝堂の外には天幕が張られ、そこで寝泊まりしているらしい。

内部は負傷した聖騎士を治療する施設となっており、現在は〝救護院〟と呼ばれている。

私たちを迎えてくれたのは、聖騎士の隊長を務める男性だった。

年頃は四十代後半くらいだろうか。見上げるほどに背が高く、顔は厳つい。熊のようにがっしりとした体付きで、これまで優美な聖騎士しか見ていなかったので驚いてしまう。

額に大きな傷があり、聖騎士というよりは歴戦の傭兵といった雰囲気であった。

「お迎えいただき、心から感謝いたします。わたくしはヴィヴィア・マリー・アイブリンガー・フォン・バルテンと申します」

「大聖教会、第一騎士隊所属、バメイ・ブルームと申す」

ブルーム隊長は胸を手に当てて、深々と頭を下げる。

彼だけではない。背後に控えていた騎士たちも同様に頭を低くした。

迎える態度が王族に対するそれだったので、もう王女ではない旨を伝える。

「我々が誠意をもって接するのは、あなたさまが王族だからではない。このような場所に単独でやってくる勇気を称えているからだ」

「そうだったのですね。お気持ち、嬉しく存じます」

その後、ブルーム隊長は申し訳なさそうに言った。なんでも、私の護衛に割ける聖騎士がいないらしい。

屍食鬼から受けた被害は日々広がっており、負傷して動けなくなった者も多いという。

そのような状況で、護衛を求めるのは間違っているだろう。

「連れてきた侍女が護衛もできますし、妖精も連れておりまして、その加護もあります。どうかご心配なく」

スノー・ワイトに加護の力があるかはわからないが、ブルーム隊長を安心させるために伝えておいた。

ミーナが持っていた手提げかごの中から顔を覗かせたスノー・ワイトは、ブルーム隊長と目が合うや否や、片目をパチンと瞑《つむ》る。

それを見てブルーム隊長がうろたえたのが面白かったのか、上機嫌な様子だった。

これから救護院の内部を案内してくれるという。ブルーム隊長と入れ替わりになるように、二十代半ばくらいの背が高い赤毛の修道女がやってきた。

「メアリと申します。以後お見知りおきを」

「ヴィヴィアです。どうぞよろしくお願いいたします」

中へ入る前に、救護院で働く者たちが着用する白衣に着替えた。頭には三角巾を当てて、口元はガーゼで作られた防護布で覆う。

「屍食鬼から受けた傷からは、肌に悪影響を及ぼす汁が出てくるので、素手で触れないように注意しておいてください」

「わかりました」

救護院の扉の向こうには寝台がずらりと並んでいた。包帯が巻かれた聖騎士たちが苦しそうにうめき声を上げている。

白衣をまとった修道女や修道士が、忙しそうに走り回っていた。

「ここにいるのは、軽傷者です」

「そう……ですのね」

あんなに痛がっているのに、軽傷だと聞いて驚いてしまう。

以前、屍食鬼から受けた傷には、回復魔法や一般的な薬は効かない、なんて話を耳にしていた。

だがそれだけでなく、痛み止めなども効かないらしい。実のところ聖水は傷を癒やすものではなく、悪化を防ぐだけで、回復は自力で行うしかないと聞かされた。

いくつかに分かれた病室をメアリはざっくりと案内してくれた。

最後に訪れたのは、重傷者を治療する部屋だった。

ここだけ結界が張られており、関係者以外立ち入り禁止と書かれてある。

「ここはアスマン院長の許可なしに、立ち入ることはできません」

ドミニク・アスマン——聖水を作っただけでなく、さまざまな魔技巧品を製作し、大聖教会の権威を取り戻すのに一役買った男。

どうやら彼がここの責任者を務めているらしい。屍食鬼の情報を集めているだけではなかったようだ。

「アスマン院長との面会は、いかがなさいますか？」

「お忙しいかと思いますので、また今度、機会がありましたら」

なんて話をしていたら、扉が開かれる。中から白衣姿の男性が出てきた。私に気付くと、帽子と口元の防護布を外す。

瑠璃色《ラピスラズリ》の珍しい髪色に、灰色の瞳を持つ二十歳前後の青年であった。

人懐っこそうな雰囲気で、目が合うとにっこり微笑む。

「これはこれは、ヴィヴィア王女ではないか」

あなたは？　と問いかける前に、名乗ってくれた。

「何年ぶりかな。俺を覚えているだろうか？」

兄の即位記念パーティーで一緒に踊ったようだが、まったく記憶に残っていなかった。失礼だと知りつつも、正直に答えるしかない。

「ごめんなさい。実は、覚えていなくて……」

「そうだろうなって思っていたよ」

気にしていない様子だったので、ホッと胸をなで下ろす。寛大な人で本当によかった。

それにしても、ドミニク・アスマンは思っていたよりも若かった。レイナートと同じくらいか。もっと年上だと思っていたのだ。

「お若くして、院長を務めているなんて、とてもすばらしく思います」

「こんな若輩者が院長をやっているって、驚いた？」

「いえ……その、はい」

素直に認めると、笑われてしまった。

「安心して。これでも二十九歳だから」

レイナートと同年代かもしれない、なんて思っていたが年上だった。

それにしても、なんだか誰かに似ているような気がして、初めて会った気がしない。考えるも、該当する人物は思い当たらなかった。

「それにしても驚いたな。王女さまがこんなところにやってくるなんて。もしかして、新聞で報道されていた初恋相手がここにいるとか？」

「その辺は想像にお任せします」

「冗談だよ」

アスマン院長はにこにこと愛想よく微笑みつつ、ぐっと接近して耳元で囁く。

「枢機卿の、王家をも手中に収めたような発言をもみ消すために、わざと記事を出したんでしょう？」

これまで誰も気付かなかった真実だった。慌てて身を引き、ジロリと睨みつける。

アスマン院長は両手を上げ、「貴婦人に対する距離感じゃなかったね」と謝る。

相手が謝罪したのに、私は悔しくなった。こういうときこそ、余裕のある態度で言葉を返さなければならないのに。

彼は本心を見せず、笑顔の裏に何か隠しているように思えてならない。貴族でないのに、枢機卿に気に入られている点も引っかかっていた。

アスマン院長は油断ならない人物である。この先、絶対に隙を見せてはいけない。

「本当に悪かったね。詫びとして、お茶でも振る舞わせてくれないかい？」

正直、お断りという言葉が喉までせり上がってきたものの、ごくんと呑み込む。ここで関係を悪くしてしまったら、奉仕活動がしにくくなるだろうから。

喜んで、と返事をしようとしたそのとき、遠くから叫び声が聞こえた。

「アスマン院長、急患です！」

修道士たちが、担架に患者を乗せて走ってきた。先陣を切ってやってきた修道士が、事情を説明する。

「十分前に屍食鬼が出現。討伐に向かった聖騎士のひとりが負傷。片腕を失っています」

「わかった」

運ばれた聖騎士は女性だった。右腕を失い、必死に左手で傷口を押さえている。

痛みに我慢できず、叫んでいた。

「あああ、ああああああ‼」

全身血まみれだが、すべて彼女の血というわけではないのだろう。その姿を見ただけで、どれだけ壮絶な場にいたのかわかる。

聖騎士は重傷者を治療する部屋に通され、処置を始めるようだ。アスマン院長は私を振り返り、

こちらに来るようにと手招いた。

「これから屍食鬼の襲撃で受けた傷の治療を行う。君もよく見ておくように」

「ええ、わかりました」

ミーナも傍についていてくれるようだ。スノー・ワイトは人の血の臭いが苦手らしく、どこかへ行ってしまった。

聖騎士は痛みにのたうちまわっていたが治療台に乗せられ、修道士たちが体を押さえつける。紐で縛って止血し、傷口に聖水をかけた。

ジュウジュウと音が鳴り、白い煙が上がる。

「うわあああああ!!」

ミーナは見ていられず、顔を逸らした。私は治療を見届ける。

口からも聖水を飲まされていたが、一度吐き出していた。いったいどんな味わいなのか。

「これから汚染された部位を切り落とす。よく押さえておくように」

ゾッとするような治療だった。すぐさま始めようとしていた私はアスマン院長に、質問を投げかける。

「あの、回復魔法で痛みを和らげることはできないのですか?」

「聖水と回復魔法は反発する。効果がなくなるから、絶対にしてはいけない」

「そ、それは本当なのですか!?」

「この場で君に冗談なんか言うわけないだろう」

大聖教会が作る聖水と、聖なる奇跡である回復魔法が反発し合うなんて、ありえないだろう。けれども、嘘ではないという。

自分の回復魔法が少なからず役立てられると思っていたのに、当てが外れてしまった。

「この世に万能なものはないのだよ」

ならば、私にできることはひとつしかない。修道士が押さえ付けていた聖騎士の腕が振り払われる。今だと思い、手を伸ばす。

「あああ、ああああ‼」

宙に浮かんだ手を私は摑んだ。ぎりり、と強く握られる。

「おい、やめるんだ。患者に触れるな。君の指の骨を折ってしまうかもしれない」

「平気です」

「平気なものか！」

「アスマン院長は治療に専念なさってください」

その言葉を聞いたアスマン院長は、呆れた視線を私に向ける。

「もし何かあっても、治療なんてしてあげないから」

「自分自身に回復魔法をかけますので、どうかお気になさらず」

手術が始まった。痛み止めもなしに行うのは、想像を絶するような苦しみだろう。耳をつんざくような叫びが、治療室に響き渡っていた。

私は彼女の耳元で、励まし続ける。

「勇気あるお方、すぐ終わりますからね。大丈夫ですよ。大丈夫——」

手早く済ませたようで、縫合まで三十分とかからなかった。聖騎士は途中で気絶したものの、私の手はしっかり握ったままだった。

処置が終わったあと、ミーナの手を借りて聖騎士の手を離した。

聖騎士が運ばれていくと、ため息がひとつ零れる。

ミーナが心配そうに顔を覗き込んできた。

「ヴィヴィア姫、手は、その、お怪我などないでしょうか？」

「あ——そうでした」

聖騎士に握られた手は真っ赤になっていた。強い力が込められていたからか、離されたあともジンジン痛む。

「大丈夫みたいです」

ホッと胸をなで下ろしていたら、アスマン院長が苦言を呈す。

「呆れた王女さまだ。相手が男だったら、君の手は複雑骨折していただろうね」

「見ていられなかったので」

「ここには先ほどのような患者が大勢運ばれてくる。いちいち同情し、身を切るような行為を働いていたら、いつか自分自身を滅ぼしてしまうよ」

彼の言うことは間違いではないだろう。二度としないとここで誓った。

「それにしても、回復魔法が痛みを和らげることすらできないなんて。わたくしがここにやってきた意味はなさそうで、がっかりしてしまいました」

「そんなことはない。王女である君がやってきたことによって、聖騎士たちの士気は上がるだろう」

アスマン院長は私の肩をポン！　と叩き、人懐っこい笑みを浮かべながら言った。

「これからよろしく頼むよ」

肩に置かれた手を払いながら、私は頷いたのだった。

ちょうど食事の時間だからと、食堂に案内してもらう。思っていたよりもこぢんまりとしていて、十名ほどが飲食できるテーブルが二組あるばかりだった。

本日の夕食は、蒸したジャガイモと白湯。パンを焼く余裕さえないらしい。

ジャガイモはひとりにつき二個与えられる。食堂にカトラリーの類いはなく、皮つきのままのジャガイモを鍋から取る仕組みらしい。

「食器を洗う手間を省くため、ここでの食事は大抵手掴みで食べられる物なんです」

「まあ……そうでしたのね」

とにかく人手不足だということで、手間は最小限という中で暮らしているようだ。

修道女たちは各自で持ち込んだ手巾にジャガイモを置き、黙々と食べていた。それに倣《なら》って、私たちもハンカチを広げた上でジャガイモをいただいた。

一応、塩ゆでしているとのことだが、ジャガイモそのままの味わいだった。

そんなジャガイモを、ありがたくいただく。

その後、メアリさんに私室へと案内してもらう。寝台が二台置かれた二人部屋である。ミーナと一緒に使えるように手配してくれたらしい。

「事前に他の修道女と同じ扱いをしてほしいと希望されていたので、食事や入浴時の配慮はありません」

「ええ、わかりました」

食事は朝と夜の一日二回、お風呂は三日に一回だという。どれも調理や風呂の準備に修道女の手をわずらわせないために、最小限の頻度で行っているようだ。

ちなみに聖騎士たちは朝昼晩の食事を与えられ、毎日入浴できる環境らしい。それを聞いて安心した。

「今日はゆっくりお休みください。本格的な奉仕活動は、明日よりお願いします」

説明を終えたメアリさんは、会釈して去っていった。

窓際に置かれた椅子に腰をかけ、ふー、とため息を吐いていたら、どこからともなくスノー・ワイトが現れる。

『あー、もう、どこに行っても血の臭いしかしないわ』

「仕方がありませんわ。ここは屍食鬼と戦って負傷した聖騎士たちを治療する、救護院ですから」

『そうだけれど……。まあ、ここはマシね』

スノー・ワイトは私の膝に跳び乗って丸くなる。もふもふの毛並みをなでていたら、なんだか癒やされてしまった。

ミーナのほうを見ると、羨ましそうな視線を向けているのに気付く。

「ほら、ミーナも触ってごらんなさいな」

「しかし、妖精さまをなでるなんて」

「大丈夫。よく眠っているわ」

「で、でしたら」

それからふたりでスノー・ワイトをなで、ひとときの癒やしを味わったのだった。


その後、ミーナが王都から持ってきた品を紹介する。

「ヴィヴィア姫、私、〝携帯魔石風呂〟を譲ってもらったんです」

「携帯魔石風呂、ですか?」

「ええ。冒険者などが野営をするときに、入浴できる画期的な道具らしいのです」

なんでも冒険者だったミーナの叔父から、餞別《せんべつ》として渡されたのだとか。持ち運びできるように、魔法仕掛けの収納箱に入れられているらしい。

ミーナが旅行鞄から、手のひらサイズの小箱を取り出した。

表面には呪文が刻まれており、指先で摩《こす》ったあと床の上に設置する。すると、大きな浴槽が箱から飛び出してくる。

「まあ! こんなに大きな浴槽が入っていたなんて」

「驚きですよね」

浴槽に埋め込まれた魔石に魔力を込めると、あっという間に湯で満たされる。

「この魔石は月明かりの晩に外に置いておくことにより、魔力を溜められるそうです」

「便利ですのね」

「ええ。話を聞いたときには驚きました」

浴槽の中で体を洗ったあとは湯を抜く。湯は魔法の力を使い、一瞬で蒸発される。

再び湯を張って泡を落としたあと、今度は体に付着した水分ごと蒸発してくれるようだ。

「湯布すらいらない、というわけですのね」

「画期的ですよねえ」

「本当に」

これはドワーフ族に作らせたとっておきの品で、値段は付けられないという。

ミーナの叔父曰く、フランツ・デールではまともに風呂も入れないだろうから、という言葉とともに託されたらしい。

「お風呂が三日に一度だったなんて。叔父が言っていたことが当たるとは思ってもいませんでした」

「そうですわね」

ミーナの叔父に感謝し、ありがたく使わせていただこう。

そんなわけでミーナと交代で入浴し、消灯時間前に布団に潜り込んだ。

スノー・ワイトも、私の布団に寝転がる。

『大聖教会のリネンよりも、ゴワゴワしていて寝心地が悪いわね』

「建物の中で休めるだけ、贅沢なことですわ」

屍食鬼に襲撃を受けて炎に呑み込まれた村では、天幕の中で寝泊まりしていた。それを思えば、今がどれほど恵まれた環境にあるのかひしひしと痛感してしまう。

その話を聞いて納得してくれたのか、スノー・ワイトは『おやすみなさい』と言って眠り始めた。

「おやすみなさい、スノー・ワイト。ミーナも」

「ヴィヴィア姫、おやすみなさい」

目を閉じたが、心が落ち着かないからか眠れそうにない。

それから何度も寝返りを打っているうちに微睡《まどろ》んでいく。

「あ――――！」

意識が遠ざかりかけた瞬間、遠くから叫び声が聞こえた。

何事かと思って起き上がる。

『きっと患者の声よ』

起きていたのかとコソコソとスノー・ワイトに話しかけると、『何度も寝返りを打つ人の隣で熟睡できるわけないじゃない』と言われてしまった。丁重に謝罪する。

「女性の声でしたね。もしかしたら、夕方に治療を受けた聖騎士でしょうか？」

『そうかもしれないわ』

手元に置いてあった魔石灯を灯し、寝間着の上からガウンをまとう。

『ちょっと、どこに行くのよ』

「様子を見てきます」

『放っておきなさいよ』

「でも、気になりますので」

ミーナは深く寝入っているようだった。起こすのも悪いので、そのままひとりで行こう。

『ちょっと待ちなさい。あたしも一緒に行くわ』

「よろしいのですか？」

『ええ。あなたひとりだと、心配だから』

「スノー・ワイト、ありがとうございます」

そんなわけで、スノー・ワイトとふたりで患者の様子を見に行くこととなった。

廊下は真っ暗で、どこの部屋からも灯りが漏れていない。消灯時間はとうに過ぎているので当たり前だ。大聖教会の廊下には常夜灯があったのだが……。

ここでは、ほんのわずかな灯りですらも切り詰めたいのだろう。なんでも救護院の灯りも魔法で一括制御されていて、消灯時間になると強制的に暗くなるらしい。

そんな中で、患者のうめき声が響き渡っている。聞いているだけで、胸が締めつけられるようだった。

声の主のもとに辿り着く。覗き込むと、個室だった。

「ううう、痛い、痛い……！」

灯りを掲げながら、扉を叩く。あまり大きくない声で、話しかけた。

「こんばんは。大丈夫ですか？」

「ううううう」

返事をする余裕もないのか、それとも意識がないのか。

どちらにせよ、痛がっているのは確かである。近づいて顔を覗き込むと、夕方に運びこまれた聖騎士の女性だということに気付いた。

治療を受けた腕を強く摑み、歯を食いしばって痛みに耐えているようだ。

顔には玉の汗が浮かんでいて、苦しそうだ。手巾で拭っているうちに、ものすごい熱を発しているのに気付く。

「少し、冷やしたほうがいいかもしれませんね」

部屋にあった桶を厨房まで運び、水を分けてもらう。誰もいなかったので、勝手に拝借させてもらった。厨房を探ったが、氷はなさそうだ。

『ヴィヴィア、小さな氷柱《つらら》だったら作れるわよ』

「お願いいたします」

スノー・ワイトは水を氷にする魔法が使えるようだ。さっそく作ってもらう。

『水よ、氷瀑《ひょうばく》せよ――氷柱《アイシクル》！』

水が円錐形となって突き出て、そのまま凝固する。すごいと絶賛したら、スノー・ワイトは誇らしげに『ふん』と鼻を鳴らしていた。

このままでは先端が鋭利なので、肉叩きで砕いておく。

食材保管用の革袋を貰い、魔法で作った氷と水を入れた。紐で縛ったら、氷嚢の完成だ。

一応、水と革袋をいただいた旨を紙に書いて残し、硬貨を添えておいた。

部屋に戻って、氷嚢を額に当てる。すると、表情が少しだけ和らいだ気がした。

氷嚢を吊るす道具がないため、顎の付け根辺りに当てておいた。これで熱は下がっていくだろう。

「う、ううう……。だ、誰？」

「看護員です。何かしてほしいことはありますか？」

「み、水……！」

水差しにあった水を吸い飲みに注いだあと、口元へと持っていく。

口に含んだ瞬間、彼女はそれを噴き出してしまった。

「まあ！　申し訳ありません。傾けすぎましたか？」

「ち、ちが……これ、聖水が……混ざって……！」

どうやら普通の水ではなかったようだ。傷がよくなるようにと、水に聖水が混ざっていたらしい。

そういえば、彼女は治療中も聖水を飲まされ、吐き出していた。

きっと想像を絶するくらい、まずいのだろう。

「では、厨房で水を貰ってきますね」

再度厨房に行って水をいただき、部屋に戻る。今度はすべて飲み干してくれた。

「あ、ありがと」

「いいえ、どうかお気になさらず」

それから彼女が寝入るまで傍で見守る。

スノー・ワイトは文句を言わずに付き添ってくれたのだった。

◇◇◇

フランツ・デールで迎える初めての朝――空は晴れ、小鳥の美しいさえずりが聞こえるのに、まったく爽やかではない。

夜の見回りで屍食鬼が出現し、戦闘になった。

二十名の騎士が戦ったようだが、五名が死亡。十二名が負傷、三名が無傷で帰還だったという。

朝から救護院は治療を行い、あちらこちらから悲鳴が上がっていた。

そんな状況で、私たちは朝食を食べる。

朝食は昨日の残りの茹《ゆ》でジャガイモ。鍋の中で浸けっぱなしだったからか、昨晩よりは塩っけを感じたような気がした。

食事が終わると、仕事が振り分けられる。ミーナと私は別行動となった。

ミーナは異議を申し立てていたものの、それは通らない。私はもう王女でないし、ふたり一組で行動するなんて非効率だから。

ミーナにはスノー・ワイトが傍にいるからと言い含め、別々に行動する。

私の仕事は傷口の消毒と包帯を新しいものに替えること。

比較的軽傷の、女性の聖騎士たちを任された。軽傷といっても、傷口は大きく、丁寧とは言い難い縫合がされていた。きっと傷跡が残ってしまうだろう。

そこに、消毒液の代わりに聖水を塗布していく。とんでもなく染みるようで、皆、苦悶の声をあげていた。傷口は黒ずんでいるようだが、聖水を塗布していくうちに薄くなっていくらしい。なんとも痛々しいものである。

あっという間に一日が終わり、夕方にミーナと再会した。

「ヴィヴィア姫ーー‼」

「ミーナ、大変でしたね」

「ええ。ヴィヴィア姫のいない一日は、とても長かったです」

おそらくこれからもこういう日ばかりだと思われる。ミーナがここにいなければならない理由はないのだ。

「あの、ミーナだけでも王都に戻ってもよいのですよ?」

「いえ……。ヴィヴィア姫がここにいる限り、私も残ります」

ミーナの手を握り、「ごめんなさい」と謝罪する。

「ヴィヴィア姫、謝らないでください。私は、少しでも傍にいられて、幸せですから」

「ありがとう、ミーナ」

その日の夜も、食事はジャガイモだった。

もしかしなくても、ここはジャガイモしか出ないのかもしれない。怖くて真相は聞けないけれど。

◇◇◇

夜――再度うめき声が聞こえ、スノー・ワイトと共に部屋を出た。

昨日の聖騎士とは違う女性が、傷口の痛みに耐えきれず、声を上げていたらしい。

同じように氷嚢で体温を下げ、水を与える。それだけで、眠れるようだ。

その日から私は、夜の見回りを始めた。

患者たちを見て回り、少しでも楽になるように声をかけるのだ。

――なんてことを、勝手にしていたのがよくなかったのだろう。

ある日、私はアスマン院長に呼び出されてしまった。

ここにやってきて、早二週間ほど。初めて院長室に足を踏み入れる。

アスマン院長は腕組みし、険しい表情で私を見つめていた。

「どうして呼び出されたか、わかるね？」

「申し訳ありません。まったくわかりませんの」

なんとなくしらばっくれてみる。

すると、アスマン院長の眉間の皺はさらに深くなっていった。

「夜灯の聖女……夜、痛みで苦しむ患者に声をかけて回り、勇気づけてくれる心優しき女性――。

知らないとは言わせないよ」

ここまで指摘されてしまったら、言い逃れなんてできないだろう。

「勝手なことをしてしまい、申し訳ありませんでした」

謝罪に対し、アスマン院長はため息を返した。

「困るんだよ。こういうことをされたら」

「本当に、反省しております」

患者が夜間に感じる痛みは、〝瞑眩反応《めんげんはんのう》〟と呼ばれるものらしい。

「高い熱を発して傷口が酷く痛むのは、回復の兆しなんだ。四、五日したら治まって、そのあとは傷の治りが早くなる」

その状態を促すためには、聖水を混ぜた水を飲むのが効果的とされているようだ。

「それなのに、ただの水を与えていたなんて。信じられない」

「聖水を混ぜた水を与えたら、吐き出してしまったんです。だから――」

「良薬、口に苦しとも言うだろう」

私が余計な行動をしたおかげで、患者の治りが遅くなっているという。

「しかし、患者さんは明るくなったと思います」

私がやってきた日に、片腕を失って運び込まれた女性の聖騎士――名前はシリルという。彼女は最近、微笑んでくれるようになった。傷口の痛みもだいぶマシになったという。

「それではダメなんだ!!」

アスマン院長は拳を机に叩きつける。怒りの形相で、私を睨みつけてきた。

「君がしているのは、患者が苦しむ期間を延々と長くしているだけ。看護でもなんでもない。患者を想ってなどと主張するのは、思い上がりとしか言いようがない」

「──っ！」

アスマン院長の言葉が、胸に深く突き刺さる。彼の言うことに間違いはないだろう。

「今後、夜の見回りはやめるように。次、同じ行為を働いたら、王都に戻ってもらうよ」

「承知しました」

これを携帯しておくように、と差し出されたのは小瓶に入った聖水である。

「患者が苦しんでいたら、率先してこれを飲ませるように」

「ええ、わかりました」

話は以上、下がるようにと言われ、会釈して去る。

アスマン院長は屍食鬼の被害を受けた人たちのため、日夜働いているという。

修道女曰く、毎日夜遅くまで働いていて、睡眠時間は二時間もないのでは、とのことだった。

そんなアスマン院長から見たら、私の行為は勝手としか言いようがなかった。

心の中で反省する。

よかれと思ってやっていたことが、却《かえ》って患者を苦しめる結果となってしまった。

本当に、申し訳なくなる。

しょんぼりしているところに、本日の仕事を任される。

ひとりひとりに聖水を飲ませるという、奉仕活動の中でも大変な作業だった。初めに向かったのは、シリルのもとだ。小部屋から大部屋に移され、大部屋で治療に専念している。

「こんにちは。聖水のお時間です」

カーテンを広げると、シリルは明らかにうんざりとした表情でいた。

「一日の中で、聖水を飲む時間が一番嫌い」

「これを飲んだら元気になりますから」

なんとか説得し、決まった量を飲み干してもらった。

聖水を飲み込んだシリルは涙目となり、口直しにと取っておいたリンゴを一切れ食べる。

そのあとも、胸を押さえて不快そうな表情を浮かべていた。

「聖水って、そんなにおいしくありませんの?」

「おいしくないなんてもんじゃない。泥水を啜っているようなんだ」

「泥水……」

それならば、毎回拒絶反応を示すのも無理はないだろう。屍食鬼に襲われて怪我しただけでも大変なのに、その後も苦労が続くなんて……。胸が締めつけられる。

「でもまあ、傷はよくなっているんだと思う。もう、痛みなんて感じないから」

「それはよかったです。聖水のおかげですね」

「うーん。認めたくないけれど、そういうことになるのかな」

アスマン院長の言う通り、聖水をきちんと飲んでいたら傷はすぐに治る。

これからは嫌がっても、水を与えてはいけないのだろう。

私が間違っていた。シリルと話して、余計にそう思えるようになった。

「大切なものを守ろうとして、利き腕を失ってしまった。バカみたいなんだけれど」

「大切なもの、ですか？」

シリルは頷きながら、左手の薬指に嵌められた指輪を見せてくれた。

ダイヤモンドがちりばめられた、清楚な指輪である。

「婚約指輪なんだけれど、剣を握るのに邪魔だから、左指に嵌めていたの」

屍食鬼に襲われた際、婚約指輪を守るように右手で庇ったのだという。その結果、利き腕を失ってしまった。

「婚約者はずっと、王都に戻ってこいって言っていたんだ。でも、困っている人たちは大勢いて、私だけ幸せになるわけにはいかないって、意地を張っていた――」

「シリルさん……」

彼女は涙を堪《こら》えるような表情で、私を見上げながら言った。

「精一杯がんばったから、もう、幸せになっていいと思う？」

「もちろんです」

「ありがとう」

その日から、シリルと少しずつではあるものの、会話を交わすようになった。

聖水を頑張って飲んでいたからか、回復は他の負傷者よりも早い。そろそろ退院日も決まるという中で、ある質問が投げかけられた。

「そういえば、屍食鬼を見たことはある？」

「いいえ、ございません」

「そう」

二度と、見ないほうがいい。シリルは屍食鬼の姿を思い出したのか、頭を抱え込む。

「あれは、人の形をした本物の化け物だ。あんな恐ろしいもの、これまで見たことがない」

なんでも肌が赤黒く、目がぎょろりと出ていて、口は大きく裂けている。

ナイフのような爪先で、襲いかかってくるらしい。

屍食鬼についてもっと詳しく聞きたかったものの、シリルが辛そうだったので、何も聞かないでおいた。

◇◇◇

それからというもの、私は夜の見回りをやめた。

その代わりに、夜間に文章を書き綴る。眠ってしまったミーナを起こさないように、こっそりと行うのだ。

一番に寝入ったと思っていたスノー・ワイトがテーブルに跳び乗って、私の手元をじっと覗き込む。小首を傾げながら、質問を投げかけてきた。

『ヴィヴィア、何を書いているのよ』

「屍食鬼と戦う、勇敢な聖騎士の記録ですわ」

　これまでも、前線で戦う聖騎士についての記事が出回っていた。私が書くのは、救護院で治療を行う聖騎士たちの話である。

「みなさん、本当に辛い思いをしながら戦っていますの。それを、たくさんの方々に知っていただきたくって」

『そう』

　毎日書いた分だけ、兄に宛てて送る。

　もちろん、大聖教会の情報規制を受けたらたまらないので、伝書鳥を使って運んでもらう。

　伝書鳥は魔石を餌とし、たった半日で王都の兄のところまで手紙を運んでくれる。

　王家が古くから連絡手段として利用している特別な鳥なのだ。

『今日はもう、それくらいにしておきなさい。もう寝るのよ』

「そうですね」

　あっという間に一日が終わる。ここで私ができることは少ないが、いないよりはマシだろう。そう思いながら、日々過ごしている。

　横になろうとした瞬間、これまで聞いた覚えがないくらい激しい絶叫が聞こえた。

　それは痛みを我慢するためにあげられた声ではないような気がして、ギョッとしてしまう。

「え、今の叫びはなんですの？」

　起き上がったものの、スノー・ワイトが前足で制する。

『あなた、夜間の患者は気にしてはいけないって、ここの院長先生から怒られたばかりでしょう?』

「ええ。ですが、あんな叫び声はこれまで聞いたことがなくって」

もしも容態が急変したのであれば、アスマン院長の治療を受けなければならないだろう。

「少し、様子を見てきます」

『ヴィヴィア、やめなさいな。あなた、次に何かやらかしたら、ここから追放されてしまうのよ?』

「でも、聞かなかったふりはできません」

ガウンをまとい、魔石灯に光を灯す。ブーツを履いて廊下に出ようとしたら、スノー・ワイトがついてきた。

「スノー・ワイト。ご一緒してくださるの?」

『あなたに何かあったら、ミーナに怒られるからよ。あの子、とんでもなく怖いんだから』

「ありがとうございます」

廊下は信じられないくらい、静寂に包まれていた。

毎日屍食鬼に襲われた聖騎士たちが運びこまれているので、いつもは四方八方からうめき声が聞こえていたのだけれど……。

『なんだか変ね。いつも以上に不気味な雰囲気だわ』

「ええ。わたくしもそう思います」

なるべく足音を立てないように、ゆっくり歩いていく。

「ん?」

どこからともなく、カリカリ、カリカリという物音が聞こえた。

それは壁を引っ掻《か》いているような物音だった。

『これ、なんの音なの？』

「わかりません」

音がしたほうに向かうと、そこはシリルの病室だった。

そこは大部屋だが、本日一気に数名退院したということで、眠っているのはシリルともうひとりの女性騎士のみ。

どうやら扉の向こう側に誰かがいるらしい。カリカリという音は、扉を引っ掻く音のようだ。

「あの、どうかなさいました？」

「ううう、ううううう」

それは、犬が唸るような低い声であった。

おそらく、シリルの声だろう。

「シリルさん？　どうかなさいましたの？」

苦しいのならば、アスマン院長を呼んでくる。そう声をかけるが、シリルには私の声なんて聞こえていないかのように、声をあげ続けていた。

様子がおかしい。

『ね、ねえ、ヴィヴィア。院長先生を呼んだほうがいいわ』

「わたくしも、そう思って——」

そう判断しかけたとき、突然扉が開かれる。

「ぐあああああ!!」

シリルが突然部屋から飛び出し、短剣を片手に私に襲いかかってきた。

「え、きゃあ！」

腰が抜け、膝から頽れる。それが幸いし、短剣は私に刺さらなかった。

シリルは勢いあまって壁に激突し、苦しげな声をあげている。

「う、ううう、うううう!!」

驚いたのと同時に放り投げた魔石灯が、シリルの姿を照らす。

彼女の肌は赤黒く変色していて、目はギョロリと主張し、口は耳の辺りまで大きく裂けていた。

体から湯気が出ている。暑いのか、服をちぎって捨てていた。

白かったはずの服は、真っ赤に染まっている。よくよく見たら、肉片のようなものも見えてゾッとした。

まさか、同室の女性を喰らったのだろうか？　確認したかったものの、それどころではない。

屍食鬼は短剣を持っているのかと思っていたが、それは違った。

爪が短剣のように鋭く尖っていたのだ。

その特徴に、覚えがあった。シリルが以前、話していたのだ。

「屍食鬼――！　あれは、屍食鬼ですわ！」

『な、なんですって!?』

私の声に反応するかのように、再度、屍食鬼は襲いかかってくる。片腕がなく、上手くバランスが取れないからか、ふらついていた。

「があああ！　ううう！」

次々と爪を振り下ろし、攻撃を繰り出す。

寸前で回避していたが、だんだんと屍食鬼の動きが速くなっていった。

ここでスノー・ワイトは一回転し、一回り以上大きくなった。

『ヴィヴィア、背中に跨がりなさい。逃げるわよ』

「え、ええ！」

子馬ほどの大きさになったスノー・ワイトに跨がると、風のように廊下を走りぬける。

「あああああ!!　があああああ!!」

屍食鬼は猛追してくる。人の速さとは思えない。

スノー・ワイトは救護院を飛び出し、外に出る。

助けを求めるために、聖騎士たちの天幕に向かっているようだ。

「誰か！　誰か助けて！」

天幕があるほうに叫ぶが、誰も反応しない。どこもかしこも灯りが消され、寝入っているようだ。

『見張りの聖騎士がいないって、どういうことなのよ!!』

「わ、わかりません」

このままでは、天幕で休んでいる人たちが襲われてしまう。

屍食鬼をどこかに誘導しなければならない。

『この先に崖と川があったわ。そこに連れていって、なんとか突き落とせないかしら？』

「やってみましょう」

救護院を離れ、森のほうへと走っていく。屍食鬼は依然として、私たちを追いかけていた。

『とんでもない執着心だわ』

「ええ」

なぜ、シリルが屍食鬼になってしまったのか。

いいや、見間違いかもしれない。シリルが屍食鬼なわけないだろう。はっきり見ただけではないし、決めつけるのはよくない。

『あともう少し――きゃあ！』

目の前に、真っ赤に目が光る魔物がゆらりと出現する。

別の屍食鬼だった。

『もう、なんなのよ!!』

前方と後方、屍食鬼に囲まれてしまった。

私はスノー・ワイトの背中から飛び下り、覚悟を決める。

「スノー・ワイト、二手に分かれましょう」

『そのほうがよさそうね』

どちらかが生き残って、救援を呼びたい。私はスノー・ワイトの俊足に賭けることにした。

『ヴィヴィア、上手くやるのよ』

「ええ、お任せください」

スノー・ワイトが駆けると、前方からやってきた屍食鬼が追いかけてくる。

私は後方からやってきた屍食鬼を引きつけた。

今日は満月で、森の中は比較的明るい。ずっと暗闇の中にいたので、目が慣れたのだろう。

「はっ、はっ、はっ、はっ――――！」

必死に走り、屍食鬼から逃げた。もうすぐ崖がある場所に辿り着く。

と、ここで、思いがけないことが起こった。木の根っこに足を引っかけ、転んでしまったのだ。

「きゃあ！」

これ幸いと屍食鬼が私に追いつき、逃げないように馬乗りとなった。

「があああああ!!」

月明かりに照らされ、屍食鬼の姿をはっきり見てしまう。シリルは目元にほくろがあった。この片腕の屍食鬼は、間違いなくシリルなのだ。

「シリルさん、どうして――――!?」

「うがああああ!!」

屍食鬼は私の肩を押さえ付け、嚙みつこうとする。

ぐっと奥歯を嚙みしめ、衝撃に備えた。

「があああああ!!」

それは、屍食鬼の断末魔の叫びである。

私に迫っていた顔が、吹き飛んだのだ。

「え？」

月明かりを浴びた剣が、弧を描く。それを手にしていたのは、白き鎧に身を包む聖騎士。

「どう、して？」

突如として現れた聖騎士は、とてつもない美貌の持ち主だった。

その姿には、見覚えがあった。

「レイナート!?」

久しぶりに口にする名に、自分でも驚いてしまった。

どうして彼がここにいるのだろうか。私が見た都合のいい夢なのでは？

頬を抓《つね》ろうとした瞬間、レイナートが思いがけない行動に出る。

私を抱きしめたのだ。耳元で「よかった」と囁く。

その声は、昔の優しかったレイナートみたいだった。やはり、これは夢なのだろう。だって、レイナートが私に対して優しいわけがないから。

けれども、抱きしめてくるレイナートはとても温かかった。

これは現実？　なんて考えていたら、遠くから声が聞こえた。

『ちょっとー！　あたしを置いていかないでちょうだい!!』

スノー・ワイトの声である。慌ててレイナートの胸を押して離れた。

『ああ、ヴィヴィア！　よかった。あなたも無事だったのね』

「ええ」

なんでもスノー・ワイトが逃げる途中に、レイナートと出会ったらしい。

助けを求めると、スノー・ワイトを追っていた屍食鬼を倒してくれた。そのあと、私がまだ森で屍食鬼に追われているからと訴えたという。

レイナートはスノー・ワイトが追いつけないほどの速さで、私のもとに駆けつけてくれたようだ。

「スノー・ワイト、ありがとうございます」

『あなたを助けたのは、あたしでなくてあの子だけれど』

「それでも、スノー・ワイトがいなかったら、わたくしは屍食鬼の餌食になっていたでしょうから」

ここまでくると、これが夢でなく現実であると受け入れるしかなかった。

それにしても、不可解なことばかりである。情報を整理しなければならない。

「ねえ、レイナート。この屍食鬼は――？」

指し示すのと同時に、屍食鬼の骸《むくろ》が突然発火する。その瞬間、レイナートが懐に入れていた袋を投げる。すると、炎は一瞬にして鎮火した。

骸はあっという間に灰となり、風と共にどこかへ消えていく。

屍食鬼がそこにいたという証拠はなくなってしまった。

「ど、どうして燃えてしまいましたの？」

「屍食鬼の特性……と言えばいいのでしょうか。屍食鬼は命が尽きると、このように自然発火するようです」

先ほどレイナートが投げたのは、粉末化させた聖水らしい。これを投げつけると、炎を鎮めることができるようだ。

「屍食鬼が作り出す炎は普通の水では消えず、聖水を使うしかないのです」

「もしかして、被害に遭った町での火災は、屍食鬼のせいでしたの？」

「ええ」

屍食鬼が生み出す炎については初耳である。もしかしなくても、情報規制がされていたのだろう。なんて恐ろしい事実を、大聖教会は伏せているのか。

ふと、屍食鬼が倒れていた辺りで何かが光る。近づいてみると、それは指輪だった。

「これは――！」

「どうかしたのです？」

ダイヤモンドがちりばめられた、清楚な指輪。これはシリルのもので間違いない。

やはり、あの屍食鬼はシリルだったのだ。

「ねえ、レイナート！　屍食鬼はシリルさん――聖騎士でしたの！」

それを口にした瞬間、レイナートは私の口を塞ぐ。ぐっと接近し、耳元で囁いた。

「それは、いつ知ったのですか？」

「え、いつというのは――」

そういえばと思い出す。

以前、養育院で子どもが、屍食鬼は聖騎士の鎧をまとっていたと話していたのだ。それをそのままレイナートに伝えると、険しい表情となる。

「ヴィヴィア、それは誰かに話したことはありましたか？」

「いいえ。これまでは不確かな情報でしたし……。人が屍食鬼になったのを目撃したのは、今日が初めてでしたから」

レイナートは私の両肩を摑み、これまでにないくらい真剣な様子で訴える。

「人が変異して屍食鬼になったというのは、しばらく黙っていてください」

「ど、どうして？」

「屍食鬼と化した人物の名誉を守るためでもあります。それ以上に、ヴィヴィアの命を守ることにも繫がるのです」

それは暗に、屍食鬼について必要以上に知ったら、始末されると言っているようなものだった。

「屍食鬼研究の第一人者である、アスマン院長にも、言ってはいけませんの？」

「ええ。今は自分以外を、信じないでください」

目の前にいるレイナートですら、疑ったほうがいい。彼は言い切った。

「救護院に戻りましょう。きっと今頃、騒ぎになっているはずです」

「え、ええ」

レイナートは私の手を握り、ずんずんと歩き始める。そのあとを、スノー・ワイトが続いた。

沈黙が気まずい。それ以上に、手を握られているのが恥ずかしかった。

それを誤魔化すかのように、彼に話しかける。

「あ、あの、レイナート。あなたはどうしてこちらにいるのです？」

「ヴィヴィア、それは私の台詞《せりふ》です」

「まあ、どうして？」

「私はもともと、フランツ・デールに行くことを希望していました。だから――未練が生まれないよう、あなたに冷たく接したのに」

「だから……？　そのあとなんて言いましたの？　声が小さくて、聞こえませんでした」

「いいえ、なんでもありません」

驚いたことに、レイナートはフランツ・デールでの屍食鬼退治を望んでいたらしい。

ずっと申請していたようだが、枢機卿の補佐官が受理しなかったようだ。

それも無理のないことだろう。レイナートは枢機卿の孫娘であるアデリッサさまの婚約者候補だったから。枢機卿の怒りを買わないよう、補佐官が忖度《そんたく》したと思われる。

「アデリッサさまとの婚約を断ったから、フランツ・デール行きが許可されましたの？」

「よくご存じですね」

冷ややかな一言に、身が竦んでしまう。先ほど耳にした優しい声は、聞き間違いだったようだ。

「ヴィヴィア、あなたは枢機卿と結婚するために、ここに来たようですね」

刺々しい一言に、一瞬言葉を失う。

枢機卿との約束なんてすっかり忘れていた。まさかレイナートにも伝わっていたなんて。

「大聖教会へは奉仕をしにやってきたと見せかけて、枢機卿との結婚が目的だったわけですか」

酷く軽蔑するような物言いに、ムッとしてしまう。

「レイナート、あなたのほうこそ、愛しいお相手への気持ちを優先して、アデリッサさまとの結婚をお断りした、というではありませんか！」

「なぜそれを？」

「アデリッサさまから聞きましたの」

思っていた以上に、責めるようなきつい物言いになってしまった。

彼の気持ちを咎《とが》める資格なんて、私にはないのに。

「もしやその想い人が、こちらにいらっしゃるのですか？」

「え？」

レイナートは立ち止まり、キョトンとした顔で私を見下ろす。

何か変なことを言っただろうか。これほど、気の抜けた表情を見た覚えがなかった。

「ヴィヴィア、あなたはわかっていたわけではなかったのですね」

「な、何をわかっていたと言うのです？」

「いいえ、なんでもありません」

それから、互いに無言で夜の森を歩いていく。

救護院に戻ると、これまで姿を見せなかった聖騎士たちが走り回っていた。

私たちが戻ってきたことに気付いたのは、アスマン院長だった。

「ああ、よかった！　生きていたんだね！」

救護院は屍食鬼の襲撃を受け、大騒ぎだったという。

病室に屍食鬼が喰らった遺体がいくつかあったものの、損傷が激しく誰かわからなかったようだ。

「いったい、どこに行っていたんだ？」

「不可解な叫び声が聞こえまして、それで、様子を見に行ったら、屍食鬼に襲われてしまい、逃げて森の中へ――」

「そうか。もう少し詳しい話を」

アスマン院長が手を差し伸べたが、それをレイナートが払う。

「彼女は屍食鬼の襲撃を受け、心身共に疲弊《ひへい》しています。調査は後日行ってください」

「君は？」

「今日付けでフランツ・デール勤務になった、レイナート・フォン・バルテンと申します」

「ああ、君があの……」

ふたりの間に、何やらバチバチとした不穏な空気が流れる。

どうしようかと思っていたところに、ミーナがやってきた。

「ヴィヴィア姫――!!」

「ミーナ！」

走ってきた彼女を、ぎゅっと抱きしめる。ミーナは泣いていた。

「こ、これから亡くなった人たちの中に、ヴィヴィア姫がいないか調べるところだったんですよ」

「ごめんなさい、ミーナ」

彼女につられて、私も涙してしまう。

抱き合って涙を流す私たちを見たアスマン院長は、「今日はゆっくり休むように」と言ってくれた。

◇◇◇

屍食鬼の襲撃から三日経った。あの日、シリルが変異した個体以外にも、救護院を襲撃した屍食鬼がいたらしい。

聖騎士がいなかったのは、差し入れで届いた酒を飲み、見張りの者が全員酔って眠っていたからだという。

これは偶然なのだろうか？　誰かが仕組んだことのように思えてならなかった。

戻ってきたときに現場の対応をしていたのは、見回りから戻ってきた聖騎士たちだったようだ。

その日の晩の被害者は十二名だった。満足に動けない患者だけでなく、修道士や修道女も襲われていたという。姿を消したシリルも、犠牲者として名前が書かれていた。

なんでも遺体は体の一部しか残っておらず、ひとりひとり判別がつかなかったらしい。

そのため、姿がないのは屍食鬼に喰われてしまったからだ、と判断されたようだ。

シリルが遺《のこ》した指輪を遺族のもとへと返したところ、数日後に手紙が届く。

指輪は婚約者に届けられたらしい。指輪だけでも戻ってきてよかったと話していたという。

胸がぎゅっと苦しくなる。

どうしてシリルは屍食鬼になってしまったのか。

真実を解明したくとも、誰にも打ち明けることができない。

フランツ・デールにやってきたら、枢機卿と結婚しなくても元王族としての役目を果たせると思っていた。

けれどもそれは驕《おご》りだった。私は何もできない。とてつもなく無力だった。

屍食鬼に襲われながらも、無傷のままだったのは私だけだった。

アスマン院長には、契約しているスノー・ワイトが守ってくれたとだけ説明しておいた。

レイナートから口止めされていた、人が——シリルが屍食鬼になったという事実については黙っておく。

誰が敵で誰が味方かわからないような状況で、無闇に情報提供しないほうがいいだろうから。

それにしても、救護院の周辺は聖水の結界があり、フランツ・デールの中でも安全な場所だと聞いていたのだ。まさか病院内で屍食鬼が誕生し、人々を襲うなんて想像もしていなかった。

結界の中で屍食鬼が動き回っていたことについて、アスマン院長はどう考えているのか。質問を投げかけてみる。

「どうやら、屍食鬼は進化しているようだ。そのうち、聖水の力をも凌駕する屍食鬼が生まれるかもしれない」

ゾッとするような推測を聞いてしまい、返す言葉が見当たらない。

「怖かったら、王都へ戻るといい。誰も止めないどころか、屍食鬼に襲撃されたのに無傷だった君を、大聖教会は聖女のように称えるだろう」

「わたくしは、ここで負傷した人々と共に生きていきます」

「君は――」

アスマン院長は驚いた表情で私を見つめる。おかしなことを言っているとでも思ったのだろうか。

「なんて強い女性《ひと》なんだ」

「いいえ、わたくしは強くなんてありません」

そんな言葉を返し、アスマン院長のもとから去る。

◇　◇　◇

レイナートと再会して以降、彼と話すどころか会うことさえなかった。

ここは救護院だ。負傷した聖騎士たちが出入りする場所で、ここで見かけないということは元気である証《あかし》である。

それにしても、なぜ、レイナートはフランツ・デールに来ようと思ったのか。謎でしかない。

『元気がないわねえ。やっぱり、ミーナを引き留めたらよかったんじゃない』

「それは――」

先日、ミーナの父親の危篤を知らせる一報が届いた。そのため、彼女は王都に戻っていったのだ。

ミーナはここに残る意思を示したものの、私が彼女に父親のもとへ行くように命じた。

私の両親は既に亡くなっている。いつか一人前になったら、親孝行をしたいと思っていたのに、いなくなってしまったのだ。

後悔はいつでも胸の中にある。ミーナにはそうなってしまわないように、彼女の背中を押したのだった。

どうやら私は、思っていた以上にミーナを頼りきっていたらしい。傍にいないだけで、ここまで気分が塞いでしまうのだから。

「わたくしは、ミーナの明るさに助けられていたのですね」

『でも、逆によかったのかもしれないわ。ここは危険だから』

ミーナに何かあったらご両親に向ける顔がない。

手遅れにならないうちに、王都へ送り届けられたのは彼女にとってよいことだったのだろう。

ミーナにはある手紙を託している。

それは、屍食鬼は人が変異したものだ、という情報である。

私に何かあったときに、兄に渡すようにと頼んでいるのだ。

その約束がある限り、彼女はここへ戻れない。我ながら、悪知恵が働くものだと思っていた。

屍食鬼に襲撃されて以来、私は少しずつ調査していた。

あまり目立つことをしたら、怪しまれてしまうだろう。そのため、亀の歩みのような速さで進めている。

今は屍食鬼と遭遇した聖騎士たちから、当時の状況について話を聞いていた。もちろん、私のほうから尋ねるわけではない。自然な話の流れで、偶然聞いたような形を取るのだ。

現在得た情報は、屍食鬼の体温はとてつもなく高く、軽く触れただけで火傷をしてしまうこと。それから、なぜか子どもには目もくれないということ。

やはり、屍食鬼は子どもを襲わないらしい。魔物は無差別に人を襲うはずなのに、屍食鬼はなぜ子どもだけを避けるのか。

本当にわからないことばかりである。

屍食鬼の正体は人である。自然に人が屍食鬼になるとは思えない。誰かが操っているように思えてならなかった。

屍食鬼は死霊術士が操る不死怪物とは異なる。体は腐乱していないし、素早い動きも可能としているからだ。

「あ～～、もう!!」

頭を抱え、叫んでしまう。なんだかまどろっこしい。私がこうしてちまちま調査している間に、被害者は増え続けていくのだ。

勢いよく立ち上がると、スノー・ワイトが不思議そうに私を見上げ、質問を投げかける。

『ヴィヴィア、どうしたのよ?』

「これからレイナートに相談しますの」

彼は人が屍食鬼に変異したと聞いて、驚いている様子はなかった。きっと、知っていたのだろう。

もしかしたら、レイナートは以前から屍食鬼について調査していたのかもしれない。

『あの子はもう頼らないと思っていたんだけれど』

「今は藁《わら》にもすがるような気持ちですの」

『藁って。あなたぐらいよ、あの美貌のお坊ちゃまを藁呼ばわりするなんて』

「まあ、八方塞がりのほうが適切でしょうか。それに――」

『それに?』

「お兄さまがおっしゃっていたんです。〝どこに行っても、お前が信じたいと思うものを、信じ続けるんだよ〟と」

レイナートは屍食鬼に襲われた私を助け、優しく抱きしめてくれた。きっとそれが、本当のレイナートなのだろう。

そう信じたい。それが私の本音だった。

ひとまず、聖騎士たちが駐屯する天幕へ向かった。

ミーナが王都から送ってくれた大きなクッキー缶を胸に、スノー・ワイトを引き連れて聖騎士たちの天幕を訪問する。

辺りを見回したが、レイナートの姿はない。

「あなたさまは……」

振り向いた先にいたのは、顔見知りの女性騎士であった。

友人である聖騎士が屍食鬼の襲撃で負傷し、一日一回は見舞いにやってきたので一言二言会話を交わすようになったのである。

「聖騎士に何かご用でしょうか？」

「ええ、その、バルテン卿と話したいことがありまして」

「はあ、バルテン卿ですか」

聖騎士は少し言いにくそうに、レイナートは不在だと教えてくれた。

「今、彼は屍食鬼退治の任務に行かれているのですか？」

「いえ」

聖騎士は明後日の方向を向き、今すぐこの話題から逃れたい、という雰囲気を醸し出していた。

何か特別な任務に就いているのだろうか？　だとしたら、しつこく聞いてはいけないのだろう。

また別の機会にしようか、と考え踵を返すと、聖騎士は私を引き留める。

「あの、バルテン卿について、少し話しにくいお話ですので、よろしかったら私の天幕でお伝えしたいのですが」

「お願いいたします」

聖騎士は躊躇《ためら》うような表情で、自らの天幕の中へと案内してくれた。

彼女に割り当てられた天幕はひとりで使っているとのことだったが、思いのほか広かった。

なんて考えていたら、かつては四人で使っていた場所だということが知らされる。

皆、屍食鬼の襲撃で亡くなってしまったらしい。胸がぎゅっと締めつけられる。

勧められた椅子に座っていると、スノー・ワイトが膝に乗って丸くなった。無意識のうちにぼんやりしていたようで、ハッと我に返る。

「すみません、何もない部屋なのですが」

そう言いながら、彼女はブドウ酒を出してくれた。

どうやら薬草が入っているようで、少し不思議な味わいだった。実家から送られてきたものとのことで、少量ならば酔わない上に薬のような効果を発揮するそうだ。ありがたくいただく。

「いかがでしょうか？」

「おいしいです」

「よかった」

聖騎士はホッと胸をなで下ろすような様子を見せたあと、キリリと表情を引き締める。そして、本題へと移った。

「バルテン卿についてなのですが、実は、ほとんどこちらにおりません」

「まあ！　どこか別の場所にいるというのですか？」

「ええ、はい」

いったいどこに？　と質問を投げかけると、聖騎士は眉間に皺を寄せながら打ち明ける。

「森の奥に、魔女が棲《す》んでいるそうで、その、そこに毎日通っていると、ある聖騎士が聞き出したのだとか」

「魔女、ですか」

「ええ」

森の奥地には、善き魔女や悪《あ》しき魔女が棲んでいる――それはおとぎ話でよく耳にする導入部である。

魔女というのは歴史上表立った活躍はしないものの、陰からさまざまな協力をし、時に善良で愛され、時に悪辣《あくらつ》で恐れられ――と、実にさまざまなタイプがいるというのが定説であった。

「そちらの魔女は王族専属で、数年前まで国王と契約し、さまざまな知識を与えていたのだとか」

亡くなった父が魔女と契約していたなんて、まったく知らなかった。

ここでピンとくる。

「まさか、バルテン卿はその魔女と恋仲で、毎日足しげく通っている、というわけですの？」

聖騎士の沈黙は、肯定しているようなものであった。

レイナートに想い人がいるのは知っていたが、まさか魔女だったとは。

魔女の契約は父のみで、そのあとは王宮を出ていったのかもしれない。それを追うように、レイナートも去ったというわけなのか。

私が知らないところで、レイナートが魔女と恋仲だったなんて――！

大きな衝撃を受けてしまう。

聖騎士が気まずそうにしていたのは、私が年上の男性――それがレイナートと察した上で――に恋心を抱いているという記事を読んだからなのかもしれない。

ひとまず手にしていたクッキー缶を差し出し、皆で食べるようにと託しておく。情報料代わりだった。

複雑な気持ちで部屋に戻る。これまで大人しくしていたスノー・ワイトが、尻尾を左右に揺らしながら話しかけてきた。

『まさか、毎日女のもとに通っていたとは。純朴そうに見えて、案外情熱的なのね』

「ええ」

なんでもその話はブルーム隊長も把握しており、特にお咎めはないらしい。

ただの噂話ではない、というわけである。

「それにしても、屍食鬼がはびこる森にひとりで棲んでいたなんて、恐ろしかったでしょうね」

『魔女ってそんなもんなのよ。家が本拠地で、森が大きな結界でもあるの。屍食鬼に関しては、何か対策をしているんじゃない？　よく知らないけれど』

だとしたら、レイナートだけでなく魔女とも接触を図りたい。

なんて考え事をしていたら、扉が叩かれる。

やってきたのはメアリさんだった。なんでも、アスマン院長が話をしたいと言っているらしい。

「わかりました。今すぐ向かいます」

そんなわけで、メアリさんと一緒にアスマン院長の部屋を目指したのだった。

迎えたアスマン院長は、眉尻を下げつつ私を迎えた。

「やあ。突然呼び出して悪かったね」

「いえ」

何かあったのか、アスマン院長は人払いする。スノー・ワイトまで追い出されそうになったので、それは猫妖精だと引き留めた。

「それで、お話というのはなんですの？」

「バルテン卿についてだよ。魔女と恋仲で、毎日森の奥の家に通っている、なんて話は知っているかい？」

「風の噂で耳にしました」

「そう。だったら話が早い」

アスマン院長の話というのは、レイナートに関わるものだという。

「枢機卿から報告と依頼が届いたんだ」

差し出された書類を読む。そこに書かれていたのは、レイナートの横領疑惑と、教皇を復活させ自らがワルテン王国を統《す》べるという彼の計画が書かれたものであった。

「まさか、レイナートが、そんな……！　ありえません」

「俺もにわかには信じられない。バルテン卿は真面目で、聖騎士としての誇りは人一倍あるように思える」

「だったらなぜ？」

アスマン院長は声を潜め、これは陰謀かもしれない、と口にした。

「誰かが、レイナートを陥れようとしている、ということですの？」

「可能性はある」

アスマン院長はレイナートの無実を証明したい。けれども、毎晩魔女のもとへ行ってしまうので、調査もままならないという。

「魔女の本拠地は結界があり、近づけないんだ。けれども、これがあれば通り抜けられるかもしれない」

アスマン院長の手のひらには、白い宝石があしらわれたペンダントがあった。

「それはなんですの？」

「聖水の原料となる聖石だよ。大変貴重な品なんだが、枢機卿が送ってくれたんだ」

気配遮断の能力があり、屍食鬼を遠ざけ、魔女の結界を無効化する力があるという。

アスマン院長が、頼みがある、と言って私の手のひらに聖石のペンダントを載せた。

「これを装着して、魔女の家を探してきてくれないか？」

「わたくしが、ですか？」

「ああ。俺は忙しいから調査に行けない。自分以外で、この聖石を託せるのは君しかいないんだ」

レイナートと魔女に接触したい私からしたら、願ってもない話だ。ふたつ返事で了承した。

「しかしながら、レイナートを尾行するとしても成功するとは思えないのですが」

「だったら、これを使うといい」

それは手のひらサイズの水晶玉である。なんでも大きな魔力を感知し、発生源まで案内してくれるらしい。

「魔力の大元が、おそらく魔女の住処《すみか》だろう」

これがあれば、魔女の本拠地を発見できる。

「でしたら、任務をお受けします」

「よかった。では、頼むよ」

「わかりました」

そんなわけで、魔女の家を発見するという特別任務が託されたのだった。

◇◇◇

翌日――朝から患者の包帯を替える作業を行い、昼食を食べたあと森に出かける。

なんでも、夜勤だったレイナートは、早朝に魔女のもとへと向かったらしい。

私たちの出番というわけである。鬱蒼《うっそう》とした森の中を、進んでいった。

スノー・ワイトはうんざりした様子でぼやく。

『昨日雨が降ったから、地面がぬかるんでいるわ』

「帰ったら、きれいに洗って差し上げます」

『薔薇《ばら》の香油を垂らしてね』

「ええ、もちろんです」

鞄から水晶玉を取り出すと淡く光る。不思議なもので、これを手にしているとどこに進めばいいのかわかってしまうのだ。

落ち着かない気持ちのまま、一歩、一歩と先へ進む。

緊張で胸が張り裂けそうだった。

ここは屍食鬼と遭遇した森である。前回とは異なり、昼間だったので恐ろしさは半減しているが、それでも指先はガタガタと震えていた。

極限状態になるたびに、スノー・ワイトが話しかけてくれる。

『ねえ、ヴィヴィア。魔女とレイナートの愛の巣に行って、どうするつもりなの？』

「愛の巣……。別に、どうもしません。屍食鬼についてお話を聞くだけです」

『それについてなんだけれど、アスマン院長ではダメだったの？』

「彼は、うーん、そうですね。出会ったばかりで、信用していいのかわからない、という段階ですので」

『それもそうねえ』

二時間くらい歩いただろうか。帰りも同じ道を戻ることを考えたら、少しだけうんざりしてしまう。あと一時間くらいで見つかればいいのだが。

『ヴィヴィア、少し休憩しましょう。疲れたでしょう？』

「え、ええ」

大きな木の根っこが空洞になっていたので、そこに身を隠す。

腰を下ろしたら、ふ――――っ、と深く長いため息が出てきた。

『魔女の家まであと少しって感じね』

「わかりますの？」

『ええ。なんとなくだけれど』

三十分と歩かないうちに発見できるという。その言葉に励まされた。

「それにしても、この聖石という物は不思議ですわね」

『うーん』

「どうかなさって？」

『それなんだけれど――いいえ、なんでもないわ』

「言いかけるのが一番気になるのですが」

『あたしは詳しくないからわからないだけ。魔女に聞いてみましょう』

なんでもこの聖石は、たいへん珍しいものだという。

「たしかに、気配遮断ができて、屍食鬼との遭遇を回避する上に魔女の結界をも通り抜ける力がある石なんて、稀少の一言では片付けられないような気がします」

『そうなのよ』

魔女に会ったら、これが何か忘れずに聞かなくては。

「スノー・ワイト、そろそろ行きましょう」

『ええ、そうね』

木の根っこから出て、再度導かれる方向へと歩いていく。一歩前に進んだ瞬間、全身に悪寒が走った。何かが接近してくるような気がして振り返る。

その先にいたのは――。

「屍食鬼!?」

赤黒い肌に、ギョロリとした目、そして裂けた口に、ナイフのように尖った爪先。

間違いない、屍食鬼である。

気付いたときには、スノー・ワイトを抱き上げて森の中を一目散に走っていた。

「くっ、うう、はっ、はっ――!」

聖石のペンダントがあれば、森の中で屍食鬼に遭うことはないとアスマン院長が言っていたのになぜ?

『ヴィヴィア、下ろしてちょうだい! あたしが変化して走ったほうが速いわ』

ああ、そうだった。

なんて気付いたときにはもう遅い。屍食鬼はすぐ背後まで迫っていた。

「だ、誰か!」

奇跡は二回も起きない。そう思っていたのだが――。

「ヴィヴィア!?」

レイナートの声が聞こえた。森の中に、突如としてレイナートが現れたのだ。

しかし、今の彼は剣を抜いていなかった。屍食鬼の爪先が私に迫る。

「きゃあ!」

もうダメだ。そう思った瞬間、ぐいっと強い力で腕を引かれた。

レイナートは屍食鬼から私を庇うように前に立つ。すると、屍食鬼の爪はレイナートの腕を切り裂いた。

「ぐっ‼」

彼は怯んだように見せかけ、その隙にすぐに剣を抜いて屍食鬼の首を刎《は》ねる。

瞬きをする間の出来事だった。

屍食鬼が灰となって消えていくと、レイナートはその場に蹲った。

「レイナート！」

「近づかないでください！　傷に触れたら、危険なんです！」

屍食鬼の攻撃による傷に触れたら、悪影響を及ぼす——という話は、救護院で聞いていた。

ならばと、鞄に入れていた聖水を取り出す。これを傷にかけたら、悪化を防げるだろう。

「レイナート、聖水を」

「いけません‼」

レイナートはそう叫び、聖水の入った瓶を叩き落とす。

地面に落ちた瓶は割れ、中にあった聖水は零れてしまう。

「レイナート、どうして？」

「腕は切り落とします。ヴィヴィア、どこか別の方向を向いていてください」

「なぜ、そこまでするのです？　救護院で、治療を受けてくださいませ」

「そんなことをしたら、屍食鬼になってしまいます」

「え？」

レイナートは親の敵のように聖水を睨みつつ、信じがたいことを口にした。

「その聖水を傷口に塗布したり、口にしたりした者が、屍食鬼になるのです」

「そんな……、ありえません」

雷が脳天を貫くような衝撃を覚える。まさか聖水が屍食鬼を作り出していたなんて。

「信じがたい話かもしれませんが、真実です」

レイナートは話しながら、腰のベルトに吊るしていた短剣を手に取った。もしや、それで腕を切り落とすというのか。

「屍食鬼化を避けるためには、傷を負った部位を切り落とす他ありません。それも、早ければ早いほうがいい」

「ま、待ってくださいませ‼」

レイナートに縋《すが》り、短剣を使わせないようにする。

私は腹を括り、これまで誰にも使ったことのない魔法を彼に施す。

それは何百年も前に禁術となったもので、一度も成功したことがない。下手をしたら、私は命を落としてしまう。

正直、使うのは恐ろしかったものの、レイナートを助けるにはこれしかなかった。

どくん、どくんと胸が脈打つ。失敗しないよう集中する。

私の中にある命を、他の者の力に――――！

「我が身を呪え、違背回復《アンチ・ヒール》」

レイナートが屍食鬼から負った傷が、一瞬にして回復していく。

「こ、これは⁉」

初めて使ったので、魔力の制御が上手くできていなかったのか、くらりと目眩に襲われた。

「ヴィヴィア⁉」

少し休んだら大丈夫――なんて答える前に、私の意識は遠のいていった。

舞台の緞帳《どんちょう》が下がったかのように、目の前が真っ暗になる。

◇◇◇

しょり、しょり、しょり……という刃を研《と》ぐような物音で目覚める。

部屋は暖炉の火でぼんやりと照らされていた。

暖炉の前に、とんがり頭巾を被った女性の姿がある。

どうやら彼女が、暖炉の灯りを頼りに刃を研いでいたようだ。

研ぎ終わったからか、刃を掲げていた。キラリと刃が輝く。

その昔、童話に登場する魔女が、年若い娘を攫《さら》って血肉を食べる、なんて物語があったような。

ゾッとしたのと同時に、魔女が振り返った。

しわくちゃの肌に、つり上がった目、尖った鷲鼻《わしばな》——と、挿絵に描かれる魔女そのものだったのだ。

思わず、悲鳴をあげてしまう。

「きゃあ！」

「何がきゃあ！　だ。あんたを看病してやったというのに」

『本当よ。ヴィヴィア、謝りなさい』

すぐ傍でスノー・ワイトの声が聞こえた。どうやら枕元で丸くなっていたらしい。

辺りを見回す。天井には薬草が吊り下がっていて、独特な匂いが漂っている。窓の外は真っ暗で、時間の経過に驚いてしまった。どうやら、夜になるまで気を失っていたらしい。

むくりと起き上がると、頭がズキンと痛んだ。

「まだ大人しくしていたほうがいい。あんたは、命を削ったのだから」

「命——!?」

そうだ。そうだった。

屍食鬼の攻撃から私を庇い、傷を負ったレイナートに違背回復魔法を使ったのだ。

「あの、レイナートの容態は？」

「大丈夫、ピンピンしているよ。悪影響は何もない」

ホッと胸をなで下ろす。

「それにしても、あんた、どうして違背回復魔法なんて使えるんだい？」

違背回復魔法は、現代においては禁術のひとつとされている。私は王族のみが立ち入ることができる禁書庫でそれを知ったのだ。

「兄がとても病弱で、何かあったとき、わたくしの命に代えても生き延びるようにと、習得していた魔法です」

「だってさ！」

扉に向かって言ったのと同時に、レイナートが中へと入ってくる。そしてまたも両親の敵にでも出会ったかのような剣幕で、私に迫ったのだ。

「ヴィヴィア、違背回復魔法だなんて、どうして私に使ったのです？」

非難するような、責めるような口調だったが、こちらも負けるわけにはいかない。

「だって、あなたが腕を切り落とすと言うのですもの。仕方がありませんでした」

「あなたを守るためならば、腕の一本なんて失ってもよかったのに！」

「レイナート、あなた、どういうことですの？」

その訴えは、幼少期に私に忠誠を誓ったレイナートそのものであった。

追及に対し、レイナートは押し黙る。

間に割って入ってきたのは、スノー・ワイトだった。

『あなたたち、ふたりっきりでじっくり話をしなさい。喧嘩は禁止だからね！』

スノー・ワイトは『お婆さん、行きましょう』と声をかけ、部屋から出ていく。思いがけず、レイナートとふたりきりになってしまった。

まずは、答えやすい質問から投げかけてみる。

「あの、こちらはもしかして、魔女の住処ですの？」

「ええ、そうです」

ここにレイナートの愛する魔女が棲んでいる。それについて考えると、胸がズキンと痛んだ。

「あの、魔女にご挨拶をしたいのですが」

「もう済んでいたのではないのですか？」

「え、ええ」

ふとレイナートが扉に近づく。それを開くとその向こう側に聞き耳を立てるお婆さんとスノー・ワイトの姿があった。

「あなたたちは——！」

『ただの通りすがりよ』

「そうだよ」

「そんなわけないでしょう！」

どこかに行くように、とレイナートはふたりを追い払う。扉は再び閉ざされた。

「挨拶はあとでいいです。魔女も理解してくれるでしょうから」

「え、ええ。その、魔女はおいくつくらいなんですか？」

「あの人ですか？　女性に年齢は聞くなっていう話ですけれど、見た目から推測するに、八十歳は過ぎていると思いますよ」

「え？」

「はい？」

何やら会話が嚙み合っていない。遠回しに聞いた私が悪いのだろう。

今度はストレートに聞いてみた。

「あの、わたくしが聞きたいのは、ここに棲んでいるというお話の、あなたと恋人関係にある女性についてです」

「私の恋——ああ、その話でしたか」

レイナートは額に手を当てて、盛大なため息を吐いている。

「それは周囲から怪しまれないための言い訳です。ここには先ほどの魔女以外、棲んでおりません」

「ということは、恋人のもとに足しげく通っていたというのは、嘘？」

レイナートは深々と頷く。

「アデリッサさまがおっしゃっていた、想い人というのは、ここに棲んでいる魔女さまではありませんでしたの？」

「ええ。それも、婚約を辞退するための真っ赤な嘘です」

嘘だとわかって、信じられないくらい安堵していた。

私の恋心は、まだまだ密かに花開いているらしい。早く枯れてなくなってしまえばいいと思っていたのに。自分のことなのに、ままならないものだと思った。

「そう、でしたの……。では、他にいらっしゃるとか？」

「ありえません。あなた以外は」

「わ、わたくし⁉」

突然の告白に、呆然としてしまう。

冗談ではないのだろう。これまでずっと冷たかった目に、熱がこもっている。見つめられていると、灼《や》けてしまいそうだった。

「レイナート、あなた、ずっとわたくしを想ってくださったの？」

「ええ。ヴィヴィアについて考えない日など、ありませんでした」

穏やかで、優しい声。それは、私がよく知っているレイナートそのものであった。

途端に、安堵と喜びがじわじわとこみ上げる。私の中に咲いていた恋の花を、摘み取らなくてよかったと心から思った。

「信じがたい話かもしれませんが」

「いいえ、信じます」

兄が言っていた通り、私が信じたいと思った男性《ひと》を、信じてよかったのだ。

嬉しくて、胸がいっぱいになる。涙が溢れそうになったが、ぐっと堪《こら》えた。

今は浮かれ、喜んでいる場合ではない。屍食鬼について考えるのが先決だろう。

「それにしても、ヴィヴィア、あなたはどうしてひとりで森の中を歩き回っていたんです？」

「それは、これがありましたので」

聖石のペンダントを目にした瞬間、レイナートは目を見開く。

「これは、聖石のペンダントでは？」

「ええ。昨日、アスマン院長からいただきましたの。先日、枢機卿から届いた品のようで――」

レイナートは聖石のペンダントを私の手から奪い、暖炉に捨てようとした。しかしながら寸前で手を止め、魔女を呼ぶ。

「なんだい。猫妖精と夜の茶会を楽しんでいたのに！」

「見てください。聖石のペンダントです」

「こ、これは――！」

魔女は部屋を去ったが、すぐに戻ってきた。

聖石のペンダントは瓶の中に入れられ、封印の札が貼られる。

「あの、それはなんですの？」

「屍食鬼を呼び寄せる餌みたいなものさ」

「なっ――！」

どうやら枢機卿はとんでもない品を送ってきたらしい。いったいどういうつもりで、アスマン院長に託したのか。

「そういえば、先ほどレイナートがおっしゃっていたのですが」

聖水を飲んだり、傷の治療に使ったりしたら、屍食鬼化してしまう。それは本当なのかと問いかける。

「本当だよ。あたしたちはここで、それを研究していたんだ」

「――――!」

人々を救う聖水は、逆に屍食鬼になるための誘発剤だった。それが真実だとしたら、大聖教会全体が共犯関係にあるのは確かだろう。

「これを見てください」

レイナートが差し出したのは、真っ黒な装丁の本である。

中に書かれていたのは、人々を化け物にする禁忌薬の作り方であった。

「もしかして、これが聖水の正体ですの?」

「おそらく」

なんでもこれは、かの有名な死霊術士が所有していた物の写本らしい。

「本物はワルテン王国の禁書庫に収められていた。だが、それはずっとずっと昔に持ち出されたようだ」

「そ、そうだったのですね」

現在、オリジナルである正本はおそらく大聖教会の誰かが持っている、と推測しているという。

「でしたら、聖水をアスマン院長が開発したというのは……?」

「嘘だね。あたしは、あの青年は大聖教会に祀り上げられた傀儡《かいらい》じゃないかと疑っているんだよ」

その証拠を、レイナートが大聖教会から持ち出したらしい。それは、教皇復活までの計画が書かれたものだった。

教皇と耳にした瞬間、アスマン院長から聞いていた話を思い出す。

「レイナート、あなた、大変な疑惑が浮上していたのはご存じでしたか？」

「なんですか？」

「横領疑惑と、教皇を復活させ、その座を狙っているというお話です」

「なんですか、それは⁉」

どうやら初耳らしい。レイナートは心底呆れているようだ。

「アスマン院長に聖石のペンダントを送った件といい、私に罪を被せようとしている件といい、邪魔者は徹底的に排除するという動きに出ているようですね」

「ええ」

ひとまず釈明はせず、放置しておこうという話になった。

「大聖教会の計画は、三百年も昔から存在していました」

レイナートは険しい表情で語り始める。

数世紀も昔――ワルテン王国は教皇が支配し、王族は彼らに逆らえなかった。

けれども、教皇の色恋沙汰をきっかけに失脚。大聖教会の権威も失われる。

なんとか大聖教会を元の姿にしたいと望んだ結果、金にものを言わせて錬金術師の権威であった人物を味方につけた。

錬金術師は提案する。

いまだこの世に出現していない、屍食鬼の脅威を利用するのはどうかと。

屍食鬼――それは死霊術士が作り出す、生きる傀儡である。

不死怪物と異なり、生きた人間を素材とし、我がもののように扱う魔法だ。

とある死霊術士が死霊魔法を応用して編み出したのと同時に、禁術指定されたという歴史がある。

その魔法を考えた死霊術士は処刑され、作り方が記された魔法書は回収。数百年経ち、誰もが忘れてしまっていた。

錬金術師の師匠はその元死霊術士で、生前に屍食鬼についての話を聞いていたらしい。

錬金術師からそれを耳にした大聖教会は、数百年先まで計画を練っていた。

ひとまず、最初の一年に行ったことは、屍食鬼を増やすこと。ワルテン王国だけでは疑われるため、世界各国で出現するようにしたという。

それから徐々に、屍食鬼の数を増やしていった。

三百年後――ようやく聖水が登場する。それすらも、計画のひとつだったらしい。

「大聖教会が用意していた計画によると、〝聖水を完成させた者〟は、欲が薄く、名声に興味がない男にやらせるように、とありました」

フランツ・デールで患者の治療に専念するアスマン院長は、まさにうってつけの人物だったというわけだ。

計画はこうである。

未来ある年若い青年が、屍食鬼から人々を救う聖水を開発した。

そんな彼は、財や名声を受け取らず、フランツ・デールで治療に励む。人々は真なる英雄だと崇めるだろう。

魔女は呆れたように、深く長いため息を吐く。

「もう用済みだから、この聖石のペンダントをドミニク・アスマンに送って、始末しようと考えたのかもしれない」

ただ、大聖教会の計画は少々乱れる。

「聖水の英雄は、思い通りに死ななかった」

アスマン院長を始末しようと思って送ったものを、私が手にしていたなんて。ゾッとするような話である。

「では、アスマン院長にこの聖石のペンダントを送ったのは、どなたですの？」

「それは――」

レイナートは枢機卿が教皇の座を狙っているのでは、と疑っているらしい。ということは、諸悪の根源は枢機卿というわけなのか。あっという間に、善と悪がひっくり返った。

思わず頭を抱え込んでしまう。

「この聖石には何か仕掛けがあるかもしれない。模造品《ダミー》と替えておこう」

そう言って、魔女は懐から宝石を取り出す。それに息をふーと吹きかけると、瞬く間に聖石のペンダントに変化した。

「あの、魔女さま、それはなんですの？」

「鏡石だよ。作りたいものを想像したあと、魔力を込めると変化するんだ」

「そういうわけでしたのね」

魔女から受け取った模造品のペンダントを首から下げる。これで、表向きは聖石のペンダントを持ち歩いているように見えるだろう。

「こっちは成分を分析させてもらう」

「どうか、お取り扱いには気を付けてくださいませ」

「もちろん、そのつもりだよ」

話題が尽きたからか、魔女とスノー・ワイトは部屋から去っていく。

私も退室したかったのに、起き上がろうとしただけでレイナートに睨まれてしまう。まだ安静にしていないといけないらしい。

再び、レイナートとふたりきりになってしまった。

シーンと静まり返る。気まずさしかない。

話題を探したところ、森で偶然遭遇した件を思い出す。それについて話しかけてみた。

「あの、二回も森で会うなんて、とても驚きました」

「私は二回とも、呼び出されたんですよ」

「呼び出された？」

「ええ。一回目はスノー・ワイトとあなたに、二回目はスノー・ワイトに」

「わたくしまで、どうしてレイナートを呼び出せますの？　特にコンパクトに祈ったわけでもありませんのに」

「それもコンパクトを通じた契約です。もともとスノー・ワイトと私の繋がりは強く、呼び出しがあれば強制召還されるようです」

スノー・ワイトが身を寄せていたコンパクトは、代々レイナートの家に伝わっていた品だった。

加えて、彼が持ち歩いていたものだったため、縁という名の繋がりができていたのだろう。

ふと、屍食鬼に襲われた晩について思い出す。

そういえば、一回目に呼び出したときはレイナートの名前を呼んだ気がする。

「ということは、これから先、いつでもレイナートを呼び出せるということですの？」

「私を呼び出して、どうするつもりなのです？」

「別に、どうも……あ、高いところにあるお品を取っていただこうかしら？」

名案だと思ったものの、レイナートに盛大なため息を吐かれてしまった。

軽口を叩いている場合ではなかった。まず、レイナートに謝らないといけない。

「ごめんなさい。わたくしはあなたを誤解していました」

「誤解、ですか？」

「ええ。屍食鬼の謎を追うために、大聖教会へ行ったのでしょう？」

「ざっくりと言えば、そうかもしれません。けれども、細部を語ると、違うとも言えます」

「どういうことですの？」

「私は、ヴィヴィアに相応しくない人間だったのです」

レイナートが相応しくないなんてどうして？

別れてから五年経ったが、今でもレイナート以上に完璧な存在《ひと》はいないように思える。

逆に、私のほうがレイナートの傍にいる人として相応しくないと思うくらいだ。

レイナートの表情は苦しみに満ちていた。何か隠していることがあって、それを告げようとしているようだ。

「ねえ、レイナート。別に、無理して打ち明けなくてもよいのですよ」

「いいえ、もう黙っておくわけにはいきません。それにヴィヴィア、あなたにだけは真実を知っていてほしいと思っていました」

レイナートは息を深く吐き、拳を握りしめて私を見つめる。そして、彼は驚きの告白をした。

「ヴィヴィア、私は枢機卿の子なんです」

「え？」

「母が枢機卿と関係を持った結果、私が生まれました。王家の血なんか一滴も流れていないんです」

「そ、そんな――！」

レイナートの母が遺した遺書でそれを知ったのだという。

私の両親が亡くなる日まで、レイナートはどうするべきか葛藤《かっとう》していたようだ。

それにしても驚いた。レイナートが枢機卿の子だったなんて。

レイナートはずっと、愛すべき従兄として私の傍にいた。

けれども彼には、王家の血が流れていないという。

「枢機卿は私が自分の子だと知っていたようで、修道士を送り込んで『王女に秘密を知られたくなければ王家から離れるように』と脅してきたんです。だから、大聖教会へ行くしかなくて……」

「だから、アデリッサさまとの結婚をお断りしたのですね」

「ええ。彼女は姪ですから」

アデリッサさまの父親は、レイナートが枢機卿の隠し子だということを知らなかったらしい。婚約話についても枢機卿とアデリッサさまの父親が情報共有をしていなかったため、レイナートが適当に理由をつけて断る事態になったようだ。

「あなたはずっと、その秘密をひとりで抱えていらしたのね」

俯き、かすかに震えるレイナートに手を差し伸べる。

手と手が触れそうになった瞬間、彼の手は遠ざかっていった。

「私に触れないでください。穢《けが》れてしまいます」

「そんなことありません」

渾身の力で起き上がり、寝台から飛び下りてレイナートを抱きしめる。

押し返されそうになったものの、必死にすがりつく。

「レイナート、あなたは誰よりも真面目で、心や行いが清らかで、生き方がとても立派で――尊敬すべきお方だということに変わりありません」

「しかし……」

「生まれなんて、わたくしにとっては関係ありません。大事なのは、どう生きるかだと思います」

「ヴィヴィア……」

レイナートは泣きそうな声で、私の名前を口にする。慰めるように、回した手で背中をなでた。

すると、レイナートは私を抱き返してくれる。

「これまで辛い思いをさせてしまい、申し訳ありませんでした」

「ええ。五年前、わたくしはレイナートが大嫌いになりましたし、レイナートも同じ気持ちだと信じて疑いませんでした」

「私は、ヴィヴィアを嫌いになったことなんてありませんし、毎日のようにあなたを強く想っていました」

「そういうことを、手紙に書いて送っていただきたかったのです」

「私も、それができたらどれだけよかったか……」

それも難しい状況だったのだろう。

レイナートは枢機卿側につきながらも、屍食鬼について調査していた。私と関係があるとわかったら、それが弱みになる。

彼が私を嫌っているような態度をとっていたことは、間違ってはいなかったのだ。

おかげで、私は十八歳になるまで危険に晒されることもなく、のうのうと生きてきたのだから。

「レイナート、あなたはわたくしとの約束を、ずっと守っていたのですね」

――ヴィヴィア、あなたを命に代えても守ります。

記憶が甦り、涙がこみ上げてくる。

約束通り、レイナートは命に代えても、私を守ってくれた。

「レイナート、これまで、ありがとうございました」

「別に、礼には及びません。私はヴィヴィアの騎士ですので」

久しぶりに聞いたその言葉は、何よりも胸に響いた。

レイナートが昔となんら変わりないことに、深く安堵したのだった。

「ヴィヴィア、ひとつだけ約束してください」

「なんですの？」

「違背回復魔法は二度と使わないでください」

「それは無理だと思われます」

これまで優しい表情で私を見つめていたレイナートだったが、違背回復魔法の話題になった途端、剣呑な空気を漂わせる。

「あれは自らの命を削り、他者を癒やす魔法だというのは知っているのですか？」

「ええ、もちろん」

「私が命を懸けて守っても、あなたが命を犠牲にするのならば、なんら意味はありません」

「奇遇ですわね。わたくしもそう思います」

「だったら――！」

レイナートが身を挺して守り、私が命を削って違背回復魔法を使う。

私たちの相手を思いやった行為は、どこか歪《いびつ》だったのかもしれない。

互いが互いを大事に思うあまり、自身を犠牲にし続けたらいつか命は尽きてしまうだろう。

だからこそ、私たちは今ここで、決意を新たに一歩踏み出す必要がある。

「レイナート、これからは、ふたりで力を合わせて、最善を探りながら生きていきましょう」

「最善、ですか？」

「ええ。あなたが命を懸けてわたくしを守らなくてもいいように——わたくしも、命を削る魔法であなたを癒やさなくてもいいように、やっていくのです」

守り、守られる関係はもう終わりにしたい。そんな提案に、レイナートはハッと肩を震わせる。

「そんなことが、できるのでしょうか？」

「わかりません。けれども、わたくしたちは昔と違って大人で、自由なんです。さまざまな可能性があると思っています」

レイナートは王族ではないし、私も王女ではない。立場で縛られることはないのだ。

「たとえば、誰かに頼ることとか。戦わずに、逃げてしまうこととか」

「あ——」

レイナートはこれまで、自分だけを頼りに頑張ってきたのだろう。

今、少なくとも私は彼を理解し、心強い味方になりたいと望んでいるし、他にも魔女やスノー・ワイトだって助けの手を差し伸べてくれるに違いない。

それに、困難に立ち向かうことだけが勇気ではない。時に逃げることも、立派な勇気だと私は思っている。

「ヴィヴィア……あなたは、私と生きる道を探してくれるというのですか？」

「ええ、もちろんです。あなたさえよければ、ですけれど」

「……ありがとうございます」

レイナートは消え入りそうな声で、感謝の言葉を口にした。

「それにしても、あのときよく咄嗟に違背回復魔法を使おうと思いましたね」

「ええ」

屍食鬼から受けた傷は、回復魔法では癒やせない。聖水との相性も最悪だと聞いていた。

そこに疑問を覚えたのだ。

「回復魔法は聖属性ですし、聖水も同じだと思っていたのです。そのふたつの相性が悪いというのは、どこかおかしい」

基本的に、相性が悪い属性は反発する。火と水、風と土、氷と炎――などなど。

聖属性であるはずの聖水が屍食鬼の傷の悪化を防ぐのに、回復魔法は効果がないどころか悪影響を及ぼすなんて、ありえないのだ。

なぜ、それを疑問に思わなかったのか。

それは、救護院の悲惨としか言いようがない空気のせいだろう。

毎日のように大怪我を負った患者が運ばれ、痛みに耐える悲鳴を聞き続ける。

冷静になれというのが無理な話だった。

救護院を離れ、歩いていると落ち着いて物事を考えられるようになった。

その際に、私は気付いたのだ。

「わたくし、死霊術士の書籍に書かれていた内容を、ふと思い出したんです」

体が腐敗し朽《く》ちかけた不死怪物に、回復魔法を使うとその身を滅ぼすことができる。

なぜなら不死怪物は闇属性で、回復魔法は聖属性だから。

そのふたつの属性は、反発し合う。相性がとことん悪い。それを踏まえて考えてみる。

屍食鬼はもともと人間だった。不死怪物と同じように、回復魔法を使ったら痛手となってしまうのではないのかと気付いたのだ。

「聖水を闇属性の秘薬と考えたら、同じ闇属性である違背回復魔法が効果的なのではないかと判断しました」

レイナートが屍食鬼の襲撃によって負傷し、腕を切り落とすというので混乱していたというのもある。さらに、効果があるという確信があるわけではなかった。冷静だったら、使っていなかっただろう。

「上手く回復したからよかったものの、失敗していたらと考えると恐ろしくなります」

恐怖で震える私を、レイナートはそっと抱きしめてくれた。

「おかげさまで、私は今、あなたを両腕で抱きしめることができる。命を削って他者を癒やす魔法ですから、感謝するのはどうなのかと思っていました。けれども、腕を失わなかった結果、ヴィヴィアと新しい道を歩むという選択肢ができました。ですので、やはりお礼を言わせてください。ヴィヴィア、あなたの勇気ある行動に、心から感謝します」

この瞬間、私の中にあったモヤモヤとした気持ちが薄くなっていく。

かと言って、あのときの判断が正解だったとは言えない。それだけははっきりと伝えておこう。

「レイナートが命を懸けてわたくしを守らないと誓うのであれば、違背回復魔法は二度と使いません。約束します」

これからは命を何よりも大事に、平和に生きていくことだけを考えたい。

そのためには、屍食鬼に関わる問題をどうにかする必要がある。

「ヴィヴィア、私もあなたが違背回復魔法を使わないと言うのであれば、命を賭けて守るという誓いを撤回します」

互いに見つめ、頷く。

目を閉じると、そっと触れるだけの口づけが唇に落とされた。

誓いを封じるための儀式だろうが、特別な関係の者としか許されない行為だ。

これまでにないくらい、どきどきと胸が高鳴る。

「ヴィヴィア……」

レイナートがこれまで見せたことがないくらい、熱い視線を向けてくる。

顔が熱い。きっと呆れるくらい、赤面しているのだろう。

もしかしたら、こうして見つめ合って気持ちを確かめる瞬間なんて二度とないかもしれない。

だから私は、もう一度だけ瞼《まぶた》を閉じた。

甘く痺れるようなひとときに、全身がとけてしまいそうになる。

彼と再会し、こうして気持ちを確かめ合えたことを、神に感謝してしまった。

◇　◇　◇

今日一日で、さまざまなことが起こった。

屍食鬼に襲われたところをレイナートに助けられ、魔女と出会い、屍食鬼についての話を聞いた。

そして、私とレイナートの想いがひとつだったことを確かめ合ったのだ。

これからは、皆で協力し、屍食鬼の謎について追究する。

魔女の住処を拠点とし、私は魔女の転移魔法陣を使って自由に出入りすることが許可された。

レイナートはこれまで通り、女性のもとへ通っていると周りに思わせるため、歩きでやってくるそうだ。

ひとまず、私は転移魔法陣で救護院へ戻る。

第四章　王女は最終決戦に挑む

それから私は素知らぬ顔で救護院に戻り、スノー・ワイトと共にアスマン院長に報告に行く。

「申し訳ありません。魔女の住処は発見できませんでした」

「そう」

「しかしながら、魔女の結界らしき場所はわかったんです」

アスマン院長は身を乗り出して話を聞く。

上手く話せるかドキドキしていた。だが、視界の端っこにいたスノー・ワイトが、大丈夫だと勇気づけるような目で見つめているのに気付く。

きっと上手く言える。そう自らを奮い立たせつつ、話し始めた。

「ある場所に足を踏み入れた瞬間、なんだか息苦しくなって、意識もぼんやりしてきて、まるで夢の中を歩いているような不思議な感覚でした。今振り返ると、あれが魔女の結界の中だったのではと思いまして」

「なるほど」

万が一、聖石のペンダントに追跡機能でもついていたら、私の足取りはバレてしまう。

魔女の住処は他人がかけた魔法を無効化する。そのため、追跡には引っかからないだろう。

ただ、相手側は追跡が途切れたのを気にするはずだ。

今、私が持っているペンダントは模造品である。何かおかしいと思っているかもしれない。

そこで魔女の結界の話をして、不思議な空間の中でペンダントにも影響があったと思わせるのが目的である。

「ハッと意識が戻ったときには、救護院に帰ってきていたんです」

「そういうわけだったのか。他に、何か気付いたことはあるかい？」

「いいえ、何も。なんだか意識がおぼろげで、体験したものが本当に現実だったのか、ということさえ疑ってしまうくらいで」

「わかった。大変な任務を任せてしまい、申し訳なかったね」

「いいえ、お気になさらず」

今日、見聞きしたことは誰にも打ち明けるつもりはない。

アスマン院長を仲間に引き入れたらいいのではないか、なんて意見が魔女から上がったものの、レイナートが却下した。

アスマン院長を通して、こちら側の調査が大聖教会に露見したら困る。用心には用心を重ねて行動したいらしい。

「あの、聖石のペンダントをお返しします」

差し出されたペンダントを、アスマン院長は受け取らなかった。

「それは君が持っていてくれ」

「しかし、このような貴重なお品を持っているわけにはいきません」

「いいんだ。君は一度屍食鬼に襲撃されているし、不安だろう？　それに、王女さまをこんなところで奉仕活動させるということに、心が痛んでいたんだ。罪滅ぼしだと思って、受け取ってほしい」

模造品である聖石をぎゅっと握りしめ、深々と会釈する。そのまま退室した。

部屋に戻って扉を閉める。鍵をかけた瞬間、ため息が零れた。

「スノー・ワイト、わたくし、上手く説明できていたでしょうか？」

『ええ。あなたの演技への不安が、魔女の結界への恐怖に見えていたわ』

「それって、ぜんぜんできていなかった、と言ってもいいのでは？」

『結果がよければ、すべてよしなのよ』

持ち帰った聖石のペンダントは、枕の下に忍ばせておく。

「聖石のペンダントは、レイナートの予想通り、わたくしが持つことになりましたね」

『そこまでわかるのがすごいわ』

レイナートは断言していたのだ。アスマン院長は聖石のペンダントを受け取らないだろう、と。

その理由も、予想していた通りである。

ひとまず、計画通りに進んだ。スノー・ワイトが言っていた通り、終わりよければすべてよし、ということにしておこう。

『そういえばこの前、食堂で修道女たちが〝アスマン院長派か、レイナート派か〟で盛り上がっていたわ』

「あなた、人の話に聞き耳なんか立てて、はしたないですわ」

『だって、退屈だったんだもの』

呆れつつも、結果が気になる。もちろん、レイナート派が圧勝だろうと思っていたが違った。圧倒的にアスマン院長が人気だったらしい。

「そんな……！　王都の社交界では、レイナートが一番人気でしたのに！」

『場所が変わったら、男の評価も変わるのよ。アスマン院長は優しいから』

「レイナートも優しいお方です！」

『いいえ、ヴィヴィア。あの子の場合、優しいのはあなたにだけなのよ』

「そ、そうですの？」

『やだ、気付いてなかったのね。あの子、あなた以外の人間には優しさどころか、隙すら欠片も見せないわよ』

まさか、レイナートの優しさが特別なものだったなんて。

猛烈に照れてしまう。そんな私を見て、スノー・ワイトはにんまりと笑った。

『よかったわねえ、仲直りできて』

「え、ええ」

彼に対する誤解が解けて、本当によかった。

できたら早い段階で打ち明けてほしかったが、五年前の私では彼にかける言葉すら見つからなかかったろう。

レイナートがいない間、私は成長できたように思える。だから、仲直りは今でよかったのかもしれない。

◇◇◇

それからというもの、私は救護院での情報収集に努める。なるべくたくさんの人たちと会話し、大聖教会と屍食鬼について調べていった。

ここ最近、屍食鬼の数が目に見えて減っているらしい。いったいどういうことなのか。

レイナートは大聖教会側が何かしようとしているのではないか、と推測していた。

そんな彼の言葉は見事に的中する。

王都から私宛てに、一通の手紙が届いた。

それは、結婚式の招待状であった。最初はアデリッサさまのものだと思っていたが、違った。

結婚するのは枢機卿で、お相手はアラビダ帝国のサリー皇女だった。

なんてことかと、天井を仰ぐ。

あれだけ私と結婚したいと言っておいて、この心変わり。

今後、枢機卿と結婚することはないという安堵感はこみ上げてきたものの、いやいやそういう問題ではないと我に返った。

アラビダ帝国のサリー皇女はたしか、今年で十六歳である。

しかも、一夫多妻制のアラビダ帝国には、百名以上の皇女がいたはずだ。上は八十歳、下は三歳だったような。なぜ、うら若き乙女であるサリー皇女を選んだのか。枢機卿と年齢がつり合う王女もいたはずだ。

政略結婚とはそういうものだと片付けていい問題ではないだろう。

それ以前に、大聖教会とアラビダ帝国が繋がるのはいただけない。

アラビダ帝国はここ近年もっとも勢力のある国で、次々と近隣諸国を征服しては領土を広げている。その国土はワルテン王国と義姉の祖国を合わせたとしても、敵わないほどの規模だ。

もしも、大聖教会とアラビダ帝国が手を組んでワルテン王国に侵攻でもしてきたら——なんて、考えたくもなかった。

枢機卿への嫌悪感がますます募り、具合が悪くなってしまう。

『ちょっとヴィヴィア、大丈夫なの？』

「ええ、なんとか」

スノー・ワイトは結婚式の招待状を覗き込み、大きなため息を吐く。

『あの枢機卿に嫁ぐ決意をするなんて、気骨のある皇女さまね』

「ええ、本当に」

こういうとき、気の毒だと同情されがちなのだが、スノー・ワイトは別の視点で考えてくれているようだ。

『まあ、世界一気骨のあるお姫さまはあなただけれど』

「わたくし?」

『ええ。枢機卿と結婚する決意を固めた上に、屍食鬼がはびこるフランツ・デールに乗りこんできたお姫さまなんて、あなたくらいよ。尊敬しちゃうわ』

「スノー・ワイト、ありがとうございます」

ほのぼのと会話をしている場合ではなかった。招待状を前に、ため息ばかり出てしまう。

『枢機卿の結婚式、行くの?』

「参加している場合ではない、と思ったのですけれど」

ここ最近、屍食鬼の襲撃が少なくなった影響で、仕事量が減った。忙しいことを理由に断る、という手段が使えないのだ。

「ひとまず、レイナートの意見を聞いてみます」

『そうね』

その日の晩、久しぶりに魔女の住処を訪問した。すでにレイナートは来ていて、淡い微笑みで私を迎えてくれる。

「ヴィヴィア、そのような恰好で、寒くないのですか?」

「少しだけ寒いけれど、暖炉があるから平気」

なんて言葉を返した途端、レイナートが優しく手を引く。

あっという間に抱きしめられてしまった。

「こうしていたら、寒くありませんよね？」

「え、ええ……」

レイナートの温もりに触れていると、自分の体が冷え切っていたことを自覚した。

あっという間にポカポカになったような気がする。羞恥心から火照《ほて》ってしまったのもあるのだろうが。

それにしても、レイナートの態度の変化には驚きしかない。少し前まで、私にも冷たかったのに。今は私を甘やかすだけの存在となっている。そのたびに、あたふたしてしまうのだ。

彼の態度の温度差に、火傷してしまいそうだった。

ここで、視界の隅にいたスノー・ワイトが、ジットリとした視線を向けているのに気付く。目が合ってしまった。

『あたしの心は、北風がぴゅうぴゅう吹いているわー。誰か温めてくれないかしら？』

そんな言葉を残し、部屋から去っていった。

私はレイナートの腕から逃れる。すると、すかさず椅子にかけてあったブランケットを私の肩にかけてくれた。

「ありがとうございます。それはそうと、魔女さまはどちらに？」

「地下の研究室です」

現在、魔女は聖水の効果を打ち消し、屍食鬼から受けた傷を回復させる魔法薬を研究している。

その魔法薬は完成間近となっており、大聖教会から見放された者たちが住む村で治験が始まっているらしい。効果はじわじわ現れ、擦り傷程度の傷ならば完治しているのだとか。

その魔法薬を飲んだら、高い確率で屍食鬼化も防げるらしい。

魔法薬の開発はもう十年以上も続けていたのそうだ。レイナートも最近になって、教えてもらったらしい。もしも知っていたら、片腕を切り落とそうとは思わなかったという。

魔女は希望を持たせてはいけないと、これまで黙っていたようだ。それを打ち明けた、ということは完成間近なのだろう。

「その魔法薬が完成したら――」

「大聖教会の荒稼ぎから人々を救うことができます」

驚いたことに、その魔法薬の予算は国が出していたのだという。

レイナートが魔女の名を借りて、兄に対して訴えてくれたらしい。

「お兄さま、よく信じてくださったわね」

「もしかしたら筆致などで、私だとわかっていた可能性があります」

「そういうわけでしたか」

兄は私を送り出すときに、信じたい存在《もの》を信じなさい、と言ってくれた。

きっとレイナートのやろうとしていたことをわかっていたのかもしれない。

「ヴィヴィア、今日は何用でこちらに？」

「ああ、そうでした。これが届きまして」

大聖教会の象徴である一角獣が印刷された封筒を見て、レイナートはハッとなる。

「枢機卿から、ですか？」

「ええ。レイナートには届いておりませんの？」

「いえ、私には何も」

そういえば、レイナートには横領や教皇の座を狙っているという嫌疑がかかっていたのだ。そんな人物に、結婚式の招待状が届くわけがない。

手紙を見せると、レイナートは呆れた表情を浮かべる。

「まさか、アラビダ帝国にまで手を伸ばすなんて」

「ええ」

「最近、アラビダ帝国でも屍食鬼が多く目撃されるという話を耳にしたんです」

「結婚を機に、聖水の取り引きでも始めるつもりなのでしょうか？」

「そういう目論見だと思います」

その場で招待状を破り捨てようとしたら、レイナートに止められる。

「何をしているのですか？」

「馬鹿馬鹿しいと思いまして」

「それに関しては同意します。しかしながら、その招待状を破くのはもったいないです」

「もったいない？」

「ええ」

続けて、彼は驚くべきことを口にする。

枢機卿の結婚式に参加すると、レイナートは言ったのだった。

「レイナート、どうして枢機卿の結婚式に参加しますの？」

「そろそろフランツ・デールから撤退すべきだと考えておりました」

フランツ・デールはもっとも多く屍食鬼が出現し、多くの聖騎士が送り込まれた場所。

そこで勇敢に戦う聖騎士たちを屍食鬼とし、さらなる襲撃を仕掛けていた。

「ここ最近、屍食鬼の数が減ったのは、フランツ・デールから聖騎士たちを撤退させるためだと思います」

「どうして撤退しようと思ったのでしょうか？」

「聖騎士以外に、屍食鬼とする人間を確保する見込みがついたからだと思います」

レイナートは一週間前、不可解な記事を読んだらしい。

「大聖教会がアラビダ帝国の難民に慈悲の手を差し伸べる、という話を耳にしたんです」

アラビダ帝国の難民――それは隣国の戦禍を逃れてやってきた者たちだという。

難民たちはアラビダ帝国で農作物を盗んだり、家畜を殺したり、強盗をしたりと、生きる手段を選ばないのだという。

アラビダ帝国の皇帝は、難民問題に頭を悩ませていたらしい。

「おそらくですが、枢機卿は難民を引き取る代わりに、聖水を取り引きすることを求めた。それだけでなく、アラビダ帝国の皇女サリーとの結婚も望んだ、ということでしょう」

「なるほど。でしたら、この結婚は、不思議でもなんでもありませんね」

レイナートはアラビダ帝国の難民についての情報を把握していたようだが、何が目的かさっぱりわからなかったらしい。

「ヴィヴィアが枢機卿とサリー皇女の結婚話を教えてくれたおかげで、大聖教会の不可解な行動に納得ができました」

大聖教会は大量の難民を引き入れた。それが意味することは、ひとつしかない。

「レイナート、もしかして、枢機卿は難民から屍食鬼を作り出すつもりなのでしょうか？」

「ええ、きっと間違いないでしょう」

大聖教会の計画には屍食鬼の大群が王宮を襲い、王族はひとり残らず無残な死を遂げる、というものがあったらしい。屍食鬼を操る者の手配も、すでに済んでいたようだ。

「この計画を実行するのは百五十年後のはずでした。しかしながら、枢機卿は自らが教皇となるために、計画を早めるでしょう」

「なんて恐ろしいことを……！」

枢機卿の結婚式に参加するという表向きの理由で、王都に戻る。そこで、枢機卿の悪事を暴き、衆目に知らしめたい。それがレイナートの目的だという。

「しかし私は、同行したら警戒されてしまいそうですね」

「わたくしの護衛騎士として、変装すればいいのでは？」

全身を覆う板金鎧でも着ていたら、レイナートだとバレないだろう。

「でも、レイナートはここを離れて平気ですの？」

「それについてですが――」

レイナートが取り出したのは、鏡石である。念を込めて考えたものを、自在に作り出すというものだ。

「こちらの鏡石で私の姿を作り、魔女が使役する使い魔に取り憑かせて、ここでの活動を続けてもらいます」

「そうでしたのね」

レイナートは鏡石で自身の姿を作ってみせた。

鏡石で作られたレイナートは本物そっくりである。触り心地はどうなのかと頬に手を伸ばしたら、レイナートに手首を摑まれてしまった。

「触れるならば、本物をどうぞ」

「本物って……」

そのまま手を頬に誘導される。レイナートの肌は少しだけ乾燥していた。

「クリームを塗ったほうがいいのでは？」

「あなたがやってくるとわかっていたら、身だしなみを調えていました。髪だって結んでいましたし」

レイナートの肩を流れる長い髪は、普段は後ろ髪を上下に分け、上部のみを結んでいる。ハーフアップというやつだ。こうして結ばないでいるのは珍しい。

「レイナート、髪を結んでさしあげます」

椅子に座るよう促すと、彼は大人しく従った。櫛《くし》はないので、手で彼の髪を梳《くしけず》る。

「幼少時を思い出します。ヴィヴィア、あなたは人形遊びをするかのように、私の髪を結びたがりましたね」

「ええ。だって、レイナートの髪は誰よりもきれいでしたから」

思い返してみると、自分は三つ編みもひとつ結びも下手だった。けれどもレイナートは文句ひとつ言わずに付き合ってくれた。

年頃になり、レイナートを意識するようになってからは、髪を結ばせてくれだなんて言えなかった。こうして久しぶりにできるようになったのは、レイナートと私の心が近づいたからだろう。

しっかり手櫛で梳かし、髪をまとめる。すると、首筋のホクロを久しぶりに発見した。

「ねえ、レイナート。あなた、うなじにホクロがあるのはご存じ？」

「え？」

そっと指先でなでると、レイナートはくすぐったかったのか身じろぐ。少しだけ耳が赤くなっているような気がした。

「自分から見えない場所のホクロなんて、把握しているわけがないでしょう」

「ええ」

誰にも見せていない場所だと言われ、胸がキュンとなる。

今でも、これは私だけが知る秘密だったようだ。

なんだか嬉しくなって、うなじにあるホクロに唇を寄せる。

「――ッ!!」

レイナートはうなじを押さえ、何をするのか、という視線を私に向けた。

今度ははっきりと、耳が赤くなっている。

こんなふうにうろたえるレイナートを見るのは初めてだった。

「ヴィヴィア、真面目に結んでください」

「ええ。突然嫌なことをして、ごめんなさいね」

「べ、別に、嫌だったわけではないのですが」

早口で捲《まく》し立てるように言うので、思わず笑ってしまった。

レイナートの髪を三つ編みにし、最後に毛先を結ぶという段階で、紐がないことに気付く。

「ねえレイナート。髪をまとめる紐は持っていますか？」

「いいえ、今は持っていないです」

「でしたら、わたくしの髪を結ぶリボンを解いていただけますか？」

現在、私の髪は三つ編みにまとめ、胸の前から垂らしている。

レイナートはそれを解くだけでなく、三つ編みを解《ほぐ》してくれた。

なんだろうか。三つ編みに指先が差し込まれるたびに、私自身が暴かれているような気がして、
恥ずかしい気持ちに襲われてしまう。

「レイナート、髪は、そのままで」

「ヴィヴィアの髪に、触れてみたかったのです。やわらかくて、艶やかで、触り心地がいいですね」

今度は私が真っ赤になる番だろう。髪を解かれるという行為が、こんなにも恥ずかしいだなんて知らなかった。

仕返しとばかりに、リボンは可愛らしく結んであげた。

「レイナート、とってもお似合いですわ」

「ええ、ありがとうございます」

レイナートはにこにこと笑顔で感謝の言葉を述べる。

可愛らしいリボンの結び方は、仕返しにならなかったようだ。

◇◇◇

それからレイナートと話し合い、枢機卿の結婚式への参加と同時に、フランツ・デールからの撤退を決めた。ここにいたのは三ヶ月と短かったが、過ごした日々は濃密だったように思える。

嬉しい出会いもあれば、悲しい別れもあった。

正直、フランツ・デールに来るまでは迷った。屍食鬼に襲われてしまうのではないか、という恐怖が大きかったから。

実際に屍食鬼の襲撃に遭ったものの、それをきっかけにレイナートとわかり合えたのだ。

よかったとは言えないが、私の判断は間違っていなかったとはっきり言える。

『ヴィヴィア、今からアスマン院長のところに行くの？』

「ええ」

フランツ・デールの人員削減は、日々行われていた。最近は希望者を募るくらいである。私の撤退にもきっと反対はしないだろう。

スノー・ワイトを引き連れ、アスマン院長の執務室へと向かった。

先触れを出していたので、部屋で待っていてくれたようだ。

「話というのは、枢機卿の結婚式への参加と、ここを撤退することかい？」

「驚きました。なぜ、わかったのですか？」

「改めて話があるとすれば、それしかないだろう」

あっさりと許可が下りた。ホッと胸をなで下ろす。

「三ヶ月もの間、よく頑張ったね。君を誇らしく思うよ」

「ありがとうございます」

アスマン院長は私が三日で王都に帰ると予想していたらしい。

「それが、君は三ヶ月もフランツ・デールで救護活動に徹してくれた。結果、聖騎士たちの士気は上がり、負傷者の数はぐっと減ったように思える。誰にでもできることではない偉業だよ」

「お役に立てて何よりですわ」

「もしかしたら、枢機卿は君に〝聖女〟の地位を与えるかもしれないね」

聖女というのは大聖教会において、女性としては最高の地位らしい。ここ最近は誰かがそういった高い地位を与えられたという記録はなく、とてつもない名誉だという。

「〝聖女〟を賜ったら、遠い存在になってしまうね」

「アスマン院長、まだ話もいただいてないのに、なんてことをおっしゃるのですか」

「そうだった」

なんでも、アスマン院長にもフランツ・デールからの撤退が命じられているらしい。

今後は別の錬金術師が、ここで治療を行うようだ。

「というわけで、王都に戻っても、どこかで会うかもしれない」

「ええ」

王都から迎えが来るよう、手配してくれるようだ。

追及なく撤退が許可され、内心安堵した。

◇◇◇

あっという間にフランツ・デールを離れる日が訪れた。

一緒に働いていた修道女や、仲良くしていた聖騎士たちが見送ってくれた。

別れ際に配った焼き菓子には、魔女が作った屍食鬼化を防ぐ魔法薬が入っている。

ついに、魔法薬が完成したのだ。

フランツ・デールにいる全員分用意したので、行き渡るだろう。

この先、ひとりでも屍食鬼化してほしくない。そんな願いを込めて、お菓子を託した。

ちなみにアスマン院長も枢機卿に呼ばれたようで、三日前にフランツ・デールを去った。一緒に行こうと誘われたものの、レイナートも一緒に帰るので断ったのだ。

私の背後に佇む板金鎧の騎士は、レイナートである。アスマン院長の不在を狙い、私たちは合流できた。

王都からやってきた魔石飛行車に乗りこむ。スノー・ワイトは一刻も早くここを離れたかったようで、一番乗りであった。

私もレイナートの手を借り、魔石飛行車に乗り込む。続いて鞄が運びこまれ、最後にレイナートが乗った。

運転手に合図を出すと、魔石飛行車は起動する。地上を飛び立つと、修道女や聖騎士たちが手を振ってくれた。

ここにいる者たちの未来が輝きますように――。

そんなことを願いながら、フランツ・デールの地を離れたのだった。

◇◇◇

アスマン院長が「王都に戻ったら、一度実家に戻って家族に顔を見せるといい」と言うので、帰る前に手紙で馬車を手配するよう頼んでおいた。

そのため、王都で待っていたのは大聖教会の馬車ではなく、王家の家紋が入った馬車であった。

馬車からミーナがひょっこりと顔を覗かせる。

「ヴィヴィア姫――――!!」

彼女は涙を流しながら、私に抱きついてくる。

「ミーナ、ただいま戻りました」

「おかえりなさいませ。ずっとずっと、ヴィヴィア姫をお待ちしておりました」

ここで話すのもなんだ。馬車に乗りこむ。

「何度フランツ・デールに行こうとして、家族から引き留められたか」

「そうだったのですね」

ミーナの父親の容態は悪くはないが、油断はできない、といった感じらしい。そのため、王都を離れられなかったのだという。

「ミーナのおかげで、安心してフランツ・デールでの活動ができました」

「遺書をお預かりした日には、涙が涸《か》れるほど泣いたのですよ」

「本当に、ごめんなさいね」

遺書という言葉に、レイナートが反応する。

板金鎧の中身がレイナートというのは、秘密である。そのため、大人しくしているようにと視線を送った。

ミーナとはここでお別れである。ミーナは手が空いているときだけでも傍付きをしたいと望んだが、彼女を騒動に巻き込むわけにはいかない。

「それではミーナ、また今度」

「え、ええ」

「お父さまの容態が落ち着いたら、ゆっくりお茶でもしましょうね」

「はい！」

ミーナと別れ、あっという間に王宮に到着する。私は兄と義姉の出迎えを受けた。

義姉は苦しくなるくらいの抱擁をしてくれる。

「よく、よく戻ってきてくれたわ！　本当によかった！」

そう言って左右の頬に口づけし、喜びを露わにしてくれた。

兄は控えめに抱擁し、「よく頑張った」と労う。最後に兄は板金鎧姿のレイナートを見て、「ありがとう」と声をかけた。

もしかしなくても、兄は板金鎧の中の人物が誰なのか、わかっているのだろう。

レイナートは内心、焦っているに違いない。

その後、人払いした状態で近況について話し合う。そこで、大聖教会との関係の悪化が語られた。

「アラビダ帝国からの難民を引き受けるという問題で、議会が紛糾している」

他国の難民を迎え入れた結果、治安が悪くなった。

そんな話を耳にしているからか、枢密院の顧問官が絶対に阻止すべきであると強く意見しているらしい。

「これ以上大聖教会側を怒らせると、本当に内戦が発生してしまう。そう訴えても、顧問官は難民を受け入れることはできないと意見を曲げなくて」

レイナートのほうを見ると、こくりと頷く。

これに関しては、レイナートも想定していた。対策も考えてある。

「お兄さま、その件ですが、わたくしにお任せいただけないでしょうか？」

大聖教会の内部から、騒動を抑えてみせる。具体的な作戦は言えないが、信じてほしいと訴えた。

兄は私の意見を受け入れ、しばらく顧問官たちを大人しくさせておくと約束してくれた。

不景気な話ばかりだったが、嬉しい報告があるという。

義姉が頬を染めつつ、お腹《なか》の辺りをさすった。

「実は、私たちに、念願の子どもができたの」

「まあ！　そうでしたのね！　おめでとうございます」

まさか、義姉のお腹に小さな命が宿っていたなんて思いもしなかった。

兄は幼少期から現在に至るまで何度も高熱を出し、苦しんでいた。

そのため、子どもができにくいかもしれない、などと侍医から言われていたらしい。義姉もわかっていて、嫁いできたのだ。

子どもは諦め、傍系から養子を迎えようか、なんて話をしていた矢先の妊娠だったそうだ。

「今、妊娠五ヶ月くらいで、来年の春には生まれるわ」

「楽しみにしております」

甥か姪が生まれ、叔母になれるなんて夢にも思っていなかった。喜びで胸が弾む。

兄と義姉が改まって、話があるという。何かと思ったら、子どもの名付け親になってほしい、というお願いだった。

「迷惑でなければ、考えてほしい」

「いえ、迷惑なんてわけはなく、光栄なのですが、その、わたくしにはもったいないお話だなと思いまして」

「満場一致で、ヴィヴィアのように育ってほしいと思っているから、ぜひとも名付けてほしい」

義姉は私のほうへやってきて、隣へ腰かける。手を握り、目をまっすぐ見つめながら「お願い」と頼んできた。ここまでされたら、断れない。

「わかりました」

よくよく考えたほうがいいと思うものの、それだと永遠に悩んでしまいそうだ。

ここは直感を信じよう。兄と義姉も、つけた名前が気に入ったら採用すればいいのだ。

「生まれた子が男の子ならば、〝デアテル〟」

意味は気高く、光り輝いている人物、である。

「生まれた子が女の子ならば、〝アデリナ〟」

意味は気高く、高潔な人物、である。

男女とも決めておけば、どちらが生まれても安心だろう。そう思って命名したのに、兄と義姉はふたつの名をとても喜んでいた。

「実は、子どもは双子なの」

「侍医はおそらく、男女の双子だろうと言っているんだ」

「そ、そうでしたの!?」

魔導反射波検査機で確認したところ、義姉のお腹にはふたつの命が宿っていたようだ。

私が名前を考えたあと、実は双子だったのだと打ち明けるつもりだったらしい。

「本当に驚きました」

「その反応が見たかったの」

兄や義姉は、本当に幸せそうだ。私まで心が満たされていく。

甥と姪に会える日を楽しみに、最後のひと仕事を頑張らないといけない。

しばし談笑していたら、兄の補佐官がやってくる。

頼んでもいないのに、大聖教会から迎えの馬車がやってきたらしい。王宮でゆっくり過ごすことさえ、今の私には許されないようだ。

家族の和やかな時間を邪魔されたからか、義姉が目をつり上げて憤る。

「大聖教会の者が、ヴィヴィアを呼び出すなんてなんて無礼だわ！」

「お義姉さま、落ち着いて。お腹の子に障りますわ」

また顔を見せにやってくると約束し、王宮を去る。

どこかに隠れていたスノー・ワイトと板金鎧で変装しているレイナートを引き連れ、大聖教会の馬車に乗り込む。

先客がいたのだが、その人物はアスマン院長だった。

彼だけでなく、お付きの修道士や修道女も乗っている。

「やあ、数日ぶりだね」

「アスマン院長、どうしてこちらに？」

「君と少し話したいと思って」

レイナートは馬車に乗らないほうがいいと判断したようだ。スノー・ワイトが乗ると、扉が閉められる。

馬車が動き始めると、アスマン院長が話し始めた。

「実は、君に聖女の地位が授与されることが、正式に決まったようだ。満場一致だったそうだよ」

「そう、でしたのね」

「あまりびっくりしないね」

「事前にアスマン院長から聞いておりましたから」

ああして言うということは、ほぼ決まっているような状況なのだろうなと思っていた。

ただ、決定が思っていたよりも早かったので、その辺は驚いたと言えるだろう。

「聖女の地位が与えられるのは、実に三百年ぶりらしい」

「まあ、とても光栄ですわ」

「あれ、貰うんだ。意外だな」

正直、最初にアスマン院長から話を聞いたときは、「もしも本当に決まったら、絶対に辞退しよう」と考えていた。

けれども、これから枢機卿の悪事を暴く作戦を開始するとしたら、聖女の地位も利用できるかもしれない。

貰えるものは貰っておいて利用してやる、という考えに至ったのだ。

「お話というのは、それですの？」

「いや、他にもあって。枢機卿の結婚式に、一緒に参加できたらなと思っているんだけれど、君の都合はどうかと思って」

そんな話をアスマン院長が投げかけた瞬間、白馬に跨がった板金鎧の騎士が馬車の脇を高速で通り過ぎた。

「え、今の聖騎士、とんでもなく馬を飛ばしていなかった？」

「……飛ばしておりましたね」

まるで、会話は筒抜けだぞと主張しているようだった。おそらく気のせいだろうが。

「それで、どうかな？」

「年若い男女が一緒に行動したら、深い関係にあると勘違いをされてしまうかもしれません。ですので、お断りします」

断られると思っていなかったのか、アスマン院長から笑みが消え、真顔になった。けれどもそれは一瞬で、見間違いだったように思える。

「そうか。残念だな」

重ねて頼まれたら受けるしかないと思っていたが、あっさり引いてくれた。

ホッと胸をなで下ろす。

それから一言二言会話を交わしたものの、どこか気まずく思ってしまった。

「そうだ。どこかでお茶でもしないかい？」

アスマン院長の誘いに、内心たじろぐ。

正直、このまま大聖教会に向かいたかった。枢機卿と繋がりが強いアスマン院長との行動を、レイナートはよく思わないだろうし。

けれどもたった今、結婚式への同行を断ったばかりであった。誘いを無下にできない状況なのである。

「あの、大聖教会から迎えが来たのは、枢機卿がわたくしに何か用があるからではなかったのですか？」

「いや、違うよ。猊下はそろそろ家族との会話も尽きるような時間だから、迎えに行ったほうがいいって言っていたんだよ」

まったくもって、余計なお世話である。三ヶ月ぶりの再会なのに、たった一時間ちょっとで会話なんて尽きるわけがない。

「久しぶりなんだから、一晩くらいそっとしておいたほうがいいんじゃないかって言ったんだけれど、猊下は聞く耳を持っていなくて」

「そういうわけでしたの」

この辺のやりとりから、アスマン院長が枢機卿の言いなりだということがわかる。おそらく、これまでも都合がいいように使われていたのだろう。

せっかくの機会だ。アスマン院長とお茶をして、情報収集でもしよう。

きっとこのまま帰っても、枢機卿の出迎えを受けるだけだろうし。

「でしたら、喜んで」

そう言葉を返すと、アスマン院長はホッとするような表情を見せる。

「よかった。では、この辺りで流行っているお店に行こうか」

「ええ」

そこはガラス張りのサンルームが自慢の喫茶店で、屋根を蔓植物が覆い、暖かな陽の光が差し込んでいる。

円卓をアスマン院長と囲み、彼の背後にはお付きの修道士と修道女。私の背後には、板金鎧姿のレイナートがいる。

「そういえば、その騎士、初めて見るんだけれど」

「彼はもともと、陛下の騎士ですわ。わたくしが屍食鬼に襲われたという話を聞いて、陛下はいてもたってもいられなかったようで。わたくしのために、自らの側近を大聖教会所属の聖騎士にしてくださったのです」

「そうだったんだ」

レイナートについては、事前に設定を考えていたのだ。それが初めて役に立ったというわけである。差しさわりのない話をして語っているうちに、お茶とお菓子が運ばれてきた。

香り高い紅茶に、冬いちごのタルトが目の前に置かれる。

いちごとクリームの甘い匂いが漂ってきた。これまで茹でたジャガイモばかり食べていた私には、刺激が強い。

ミーナがフランツ・デールに日持ちする焼き菓子を送ってくれていたものの、自分で食べずに修道女や修道士、聖騎士たちに差し入れしていたのだ。

そんなわけで、約三ヶ月ぶりの甘いものというわけである。

「まあ、とってもおいしそう！」

「嬉しそうだね」

アスマン院長の言葉に、ハッと我に返る。タルトを前にはしゃぐなんて、元王族とは思えない振る舞いだろう。心の中で反省する。

アスマン院長がどうぞ、召し上がれと手で示してくれたので、ありがたくいただいた。

温室で育てられたといういちごは、驚くほど甘い。そんないちごに、ふわふわに泡立てられたクリームがよく合う。とてもおいしいタルトだった。

「夢みたいだな。君みたいな女性と、一緒にお茶できるなんて」

「まあ、これまではフランツ・デールでの、節制した暮らしでしたし。そう思ってしまわれるのも、無理はないのかもしれませんね」

「いや、そうじゃない。王都に戻ってきてからも、君ほど高貴で品があり、慎ましい女性はいなかったんだよ」

なんでもアスマン院長は枢機卿から結婚するようにと命令されたらしい。枢機卿が薦める女性と何人も会ったが、ピンとくる女性はいなかったという。

「君さえよければ、これから先も、こうしてお茶する時間を作れないだろうか？」

「それは――」

答えようとした瞬間、背後からとてつもない圧力のようなものを感じた。

もしかしたらレイナートが、私を睨んでいるのかもしれない。浮気者、とでも思っているのだろうか。

アスマン院長も、その圧に気付いたようだ。

「さすが、陛下の手足となる騎士だ。悪い虫がつくのをよく思っていないのだろうね」

「いえ、そんなはずはないと思うのですが」

背後を振り返り、個人的な感情は抑えるようにと、そっと腕に触れつつ視線を送る。

察してくれたかわからないが、居心地が悪くなるほどの圧は感じなくなった。

話が大幅に逸れてしまった。このまま先ほどの誘いはなかったものにできるだろうが、また後日同じように声をかけられる可能性がある。

今ここで、しっかり断っていたほうがいいだろう。

「あの、先ほどの話ですが、三ヶ月間フランツ・デールにいた身からしたら、このようにお茶と茶菓子を囲む時間というのはとても贅沢なことで、まだ残って活動している聖騎士たちや修道女、修道士について考えたら、そうそうできることではないと思ってしまいました。ですから、その、ごめんなさい」

「いや、本当に、その通りだ。王都という恵まれた環境にいると、フランツ・デールで過ごしてきた日々は霞《かす》んでしまうようだね。反省しなければならない」

どうやらアスマン院長を傷つけずに断れたようだ。内心、ホッと胸をなで下ろす。

「ああ、そう。今日はこれを君に見せようと思ってね」

修道士に預けていたものを、アスマン院長は円卓に広げる。

それは、小さな出版社が発行している雑誌である。十頁にも満たない、薄い本であったが見覚えがあった。

それは、フランツ・デールでの聖騎士の活動を記録したものだ。執筆したのは、この私である。

義姉が貴族のサロンでこっそり配布していたもののようだが、巡り巡ってアスマン院長の手に渡ったようだ。

「一度読んでみるといい」

「え、ええ」

初めて見た、という空気を出しつつ、雑誌を手に取る。

中には私がフランツ・デールで一生懸命書いた聖騎士の奮闘が書かれている。

もちろん、場所や聖騎士個人の情報は極限までぼかしてあった。

伝えたいのは、屍食鬼の恐ろしさと、果敢に戦う聖騎士の姿だけである。

途中、誤字を発見して内心悲鳴をあげた。次に刷る分から、修正しなければならない。

大聖教会が隠そうとしている部分には触れていない。よってこれが出回っても、潰されることはないだろう。

ただ、アスマン院長が目の前にいるというのもあって、額には冷や汗が浮かんでいた。

読み終わったので、静かに閉じる。すると、アスマン院長からすかさず質問が飛んできた。

「それについて、どう思う?」

探るような視線に、ドキンと胸が大きく鼓動した。

おそらく、私が執筆したというのがバレたわけではないようだ。ただ純粋に、こういう記事が出回ることについて、どう思っているのか知りたいだけだと思われる。

どう答えたらいいのか。彼は枢機卿側の人間で情報は筒抜けだろう。

そう考えると無難な返しをするしかなかった。

「わたくしは――屍食鬼と戦う聖騎士たちの活躍が報じられるのは、よいと感じました。大聖教会はこれまで、聖水のすばらしさばかり主張しておりましたから」

「それはそうだね」

もちろん、屍食鬼を倒すのは聖騎士であると皆わかっている。屍食鬼を恐れる人々は、聖騎士たちを英雄として崇め、尊敬の念を抱いていた。

しかしながら大聖教会といえば、聖水のイメージが強い。

さらに、聖騎士たちが具体的にどういった活躍をし、怪我を負いながらもどう戦っているのか、というのは伏せられていた。

しかしながら、今回の記事を受け、きっと何かしら大聖教会側にも利益はあったはずだ——なんて、本心を交えつつ己の意見を伝えた。

「うん、たしかに君の言う通りだ」

聖騎士の奮闘について掲載された雑誌は、貴族のサロンで配られた。その結果、大聖教会に寄付が集まっているのだという。

「ここ最近、屍食鬼が減少していて、聖水を求める人たちも減っていってね。そんな中で、貴族たちがこぞって味方になってくれるのは、大聖教会側にとってありがたいことなんだよ」

枢機卿は手放しに喜んでいたようだが、アスマン院長はこのようにうまい話があるわけがない、警戒しておいたほうがいいと思っていたらしい。

「でも、君の意見を聞いていたら、大丈夫なんだって安心できたよ」

彼の勘は正しい。今は聖騎士たちの英雄譚《たん》を書いて、人々の興味を引きつけている。

けれどもそれは、今後報道するであろう、聖水や屍食鬼の正体について言及した記事に注目を集めるためである。

これから真実を暴くためには、アスマン院長のような人の意識を、私たちから逸らす必要があった。私が家族のもとを離れ、大聖教会にやってきた意味はたしかにあったのだ。

「それでね、これを書いた記者を探そうと思っているんだ」

飲んでいた紅茶が気管に入りそうになる。危うく勢いよく噴き出すところだった。

「記事を書いたのは、フランツ・デールにいた元修道士だって噂なんだけれど」

「そうですのね」

誰が記事を書いているか、というのもあらかじめ決めていた。さらに、雑誌は少数精鋭で作られていて、拠点となる場所は一週間に一度変えている。

けれどもアスマン院長は賢い。私に辿り着きませんように、と祈るばかりである。

「そんなわけだから、君も何か情報を得たら教えてほしい」

「ええ、わかりました」

やっとのことで、お茶会から解放される。

アスマン院長はそのまま調査に出かけるというので、馬車には私たちだけが乗り込んだ。

私の斜め前に腰かけたレイナートは終始無言であった。どこで盗聴されているかもわからないので、私やスノー・ワイトも喋らずにいた。

三ヶ月ぶりに、大聖教会の私室に戻る。

部屋の周辺にはスノー・ワイトの結界が張られているので、部外者は立ち入れないようになっていた。スノー・ワイトが使役している低位妖精が掃除などもしていたようで、中は埃《ほこり》ひとつ落ちていない。

長椅子に腰かけると、ため息が零れてきた。

「レイナートもお座りになって。疲れたでしょう?」

「ええ、まあ、そうですね」

レイナートは兜を脱ぐ。長い金の髪が、さらりと鎧に流れていった。

兜の中は蒸れて暑い、なんて話を聞いたことがあった。けれどもレイナートは実に涼しい表情でいる。

見た目から疲労した様子は感じないものの、疲れているだろう。そんなレイナートのために、紅茶を淹れる。

魔石ポットに水を注ぐと、一瞬でお湯が沸いた。ミーナがしていたように茶葉を入れ、湯を注いでいく。しばし茶葉を蒸らしたあと、紅茶をカップに注いだ。

「どうぞ、レイナート。召し上がれ」

「ええ、いただきます」

紅茶を飲んだレイナートは、驚いた表情を浮かべる。

「お口に合いませんでしたか？」

「いいえ、おいしいです」

「まずいかと思っていましたの？」

「それは——幼少期に、泥のような色合いの紅茶を飲まされたことがありましたので」

「ありましたわね、そんなことが」

幼い私は侍女ごっこと称し、レイナートに通常の三倍ほどの茶葉が入った紅茶を振る舞ったのだ。

「その当時のレイナートは、文句を言わずに飲んでくださいましたね」

「正直な感想を伝えたら、あなたが傷つくと思っていたからです」

「幼いわたくしの自尊心をも守ってくれたレイナートには、感謝しないといけないですね。ありがとうございました」

泥のような紅茶を作っていたのは幼少期の話で、今は自分でおいしく淹れられる。ミーナがいなくなってからというもの、ひとりでいろいろできるようになったのだ。

レイナートは少しだけ元気がなかった。どうかしたのかと聞いてみると、思いがけない不安を口にした。

「ヴィヴィア、あなたは随分と、アスマン院長と仲がよろしいようですね。私よりも打ち解けているように思えて、胸が苦しかったんです」

「レイナートそれは誤解です。アスマン院長とは仲良くありませんし、打ち解けてもいませんから」

「しかし――」

「わたくしが心を許しているのは、レイナートだけです」

はっきり宣言すると、レイナートの眉間の皺が解れていく。

「彼は気の毒なお方ですが、その、今後も親しいふりをして、情報を与えたり、引き出したりするかもしれません。ですので、どうか見守っていただけたら嬉しく思います」

「わかりました。ヴィヴィアを信じます」

レイナートを安心させたところで、テーブルに魔法陣が浮かび上がる。そこから声が聞こえた。

『レイナート、ヴィヴィア、そこにいるかい？』

それは魔女の声であった。レイナートが応じると、魔女の半透明の姿が魔法陣に映った。

「魔女さま、どうかなさいましたの？」

『とんでもない事件が起こった』

魔女とともに映し出されたのは、使い魔が取り憑いた替え玉レイナートの姿である。

その胸には、短剣が刺されていた。

『この通り、レイナート、あんたは暗殺されかけたんだ！』

「いったい誰が襲ったというのです？」

『わからない。けれどもまあ、枢機卿の手の者だろうねえ』

レイナートを暗殺しようとするなんて、考えただけでもゾッとする。

いったいなぜ、彼を狙ったのか。それについてもどういうつもりなのか問い詰めたい。

「魔女さま、使い魔は平気ですの？」

『ああ、この通りピンピンしているよ』

胸に短剣が刺さっているものの、痛みなどはないらしい。その辺はよかったと言えるだろう。

『それで、まあ、申し訳ない話なんだが、こいつは暗殺者に怖気付いて、現場から逃げてきてしまったらしい。それで、もう戻りたくないと言っているんだ』

「それは無理もないでしょう」

レイナートの言葉に、深く頷いてしまった。

殺意を向けられ、命からがら魔女のもとへ戻ってきたのだろう。再度襲撃を受けるかもしれない場所に行けというのは酷な話だ。

『新しく鏡石であんたの体を作って、別の使い魔を送ることもできるがどうする？』

魔女の問いかけに、レイナートは首を横に振った。

「結構です」

『でもあんた、このままだったら、逃走した聖騎士になるよ』

暗殺は誰にもバレないようにこっそり行われる。偽物のレイナートがフランツ・デールの拠点に戻らなければ、逃げ出したと思われるだろう。

「それでも構いません」

替え玉はレイナートほど賢くなく、また戦闘能力もない。活動にも限界がやってくるだろうことは想定済みだったらしい。少しでも周囲から疑われたら、撤退させる予定だったという。

『それで、あんたはどうするんだい？　逃走した聖騎士という評価を受け入れるのか？』

「ええ。どうせ命が狙われるのならば、どこかに逃げたということにしておいたほうが都合がいいです」

『後悔しないね？』

レイナートは一度、私のほうを見る。いったい何を気にしているのか、考えるが思い浮かばない。

「もしも、その件で王家の名に傷が付くならば、私が父の子でないと自ら公表します」

「レイナート、それはちょっと、どうかと思うのですが」

亡くなったレイナートの母親の名誉が傷ついてしまう。けれどもレイナートの鋼の意志は揺るがなかった。

「母も王家の名誉を守ることになるのならば、止めないと思います」

『わかった。だったら、このままでいくよ』

「はい」

その後、アスマン院長から聞いた話を共有し、今後どうするか話し合う。

一時間くらい話しただろうか。

切ったあと、話さなければならないことを思い出した。

「そういえば、魔女さまに聖女の地位を賜ることについて、報告しておりませんでした」

「また、次に連絡を取り合ったときに伝えましょう」

なんだかいろんなことが起こり過ぎて、ドッと疲労感に襲われる。

ひとまず、今日はゆっくり休もうという話になった。

レイナートは続き部屋となった浴室を通り、自分の部屋へ戻る。まさか教会側も逃げたレイナートが自室に潜んでいるとは思うまい。

スノー・ワイトとふたりきりになると、ふーとため息が零れた。

『お疲れのご様子ね』

「ええ」

『温かいお風呂に浸かって、ゆっくり休みなさいな』

「ありがとう」

その日の晩は、泥のように眠ったのだった。

◇　◇　◇

翌日——朝から枢機卿に呼び出される。そこにはアスマン院長と、アラビダ帝国のサリー皇女の姿があった。

花模様が刺された大判の布を頭から被り、口元にも布を当てている。アラビダ帝国では、女性は夫となる男性にしかすべてをさらけ出さないらしい。

サリー皇女は褐色の肌に黒髪、さらに琥珀色《こはくいろ》の瞳を持つ、あどけなさを残した少女といった感じの女性であった。そんな彼女が、六十代の枢機卿と結婚するなんて……。

決意し、やってきた勇気を称えたい。

枢機卿は両手を広げて私を迎えてくれたが、レイナートが一歩前に出て制してくれた。

「なんだ、この聖騎士は。歓迎の抱擁さえも阻むとは！」

憤る枢機卿に、アスマン院長がちくりと物申す。

「猊下、俺が帰ってきたときは、抱擁なんてしなかったですよね？」

「そ、それは、貴殿とは通信魔法で密に連絡を取っていたからで」

「でも、顔と顔を合わせて会ったのは、一年ぶりくらいでしたよ」

アスマン院長の「俺と抱擁しましょう」という言葉に、枢機卿は「冗談だ！」と言って片付ける。

心の中で感謝したのは言うまでもない。

そもそも、妻となる女性がいる前で、他の女性を抱擁しようとするなんて最低最悪としか言いようがない。こういう抱擁は、家族間かよほど親しい間柄でないとやらないのに。

ちらりとサリー皇女を見る。枢機卿を批判するような視線は送らず、私たちを出迎えた際に浮かべていた穏やかな眼差しを維持していた。

おそらく彼女とて何も思っていないわけではない。感情を表に出さないよう、徹底的に教育されているのだろう。

「それはそうと、聖女の称号を受けてくれるとは、ありがたい」

「光栄ですわ」

「そうか！　光栄か！」

きっとこの先、数世紀ぶりの聖女として、大聖教会がいいように利用しようと考えているのだろう。思い通りになんてさせない。

こちらが聖女の立場を利用し、大聖教会と枢機卿の悪事を暴いてやる。

「ああ、そうだ。ヴィヴィア王女は、アラビダ帝国語は習得しているだろうか？」

「ええ。日常会話程度でしたら、お話しできますが」

「だったら、しばしサリー皇女の話し相手になってくれないか？」

なんでも彼女は、ワルテン王国の言葉を喋ることができないらしい。国から侍女を連れてきておらず、通訳が話しかけても薄い反応しか返さないのだという。

「同じ王女同士、話が合うかもしれん。しばし、頼まれてくれないだろうか？」

「ええ、わかりました」

そんなわけで、サリー皇女の話し相手に任命された。

枢機卿らと別れ、サリー皇女のために用意された部屋へ行こうとしたら、彼女は首を横に振る。

そして私の手のひらを握り、文字を書き始めた。

驚いたことに、それはワルテン王国の言葉だったのである。

さらに、書かれた内容にも驚愕した。

なんと、サリー皇女の部屋には盗聴魔法が施され、会話は枢機卿に筒抜けらしい。

「でしたら、わたくしの部屋でお話ししましょう」

耳元でこっそり、その辺は対策済みだと耳打ちする。サリー皇女はこくりと頷いたのだった。


サリー皇女は部屋に一歩足を踏み入れた途端、驚いたような反応を取る。さらに、スノー・ワイトを見て、ハッとなった。

「お前、猫妖精《フェアリ・ケッタ》、なのか!?」

鈴を転がすような愛らしい声で呟いた。スノー・ワイトもサリー皇女を見るなり、ギョッとした反応を返す。

『ちょっと、なんでこんなところにダークエルフがいるのよ！』

「ダークエルフ？」

サリー皇女は気まずそうな表情で顔を逸らす。

『間違いないわ。この気配は絶対にダークエルフなのよ』

スノー・ワイトがそう指摘すると、サリー皇女は覚悟を決めた表情を浮かべる。そして、頭から被せていた大判の布を取り外した。

布の下に隠れていたのは、短剣のように尖った耳である。ただ、絵画などに残っているダークエルフよりも耳が短い。半分以下であった。

「あなたは、もしかして半分ダークエルフで、半分人の血が流れていますの？」

その質問に、サリー皇女は深々と頷いた。

なんとも驚いた。ダークハーフエルフというわけだ。

エルフも妖精族なので、スノー・ワイトをひと目見るなり普通の猫でないと気付いたのだろう。

「それにしても、どうしてエルフ族がアラビダ帝国に？」

「……」

サリー皇女は一度口を開いたが、一瞬躊躇して辺りを見回す。

「ご安心ください。先ほど申しました通りこの部屋は周囲に情報が漏れないよう、このスノー・ワイトが結界を展開しております」

「なぜ、そのようなことをしている？」

「それは――」

レイナートを振り返る。彼は事情を説明しても問題ないとばかりに、頷いてくれた。

「わたくしたちが、大聖教会の秘密を探るために、ここに潜伏しているからですわ」

「お前たちも!?」

たちも、ということは、サリー皇女も何か探りを入れるためにやってきた、というわけである。

うっかり口を滑らせたのか、サリー皇女は慌てて口を塞いでいたがもう遅い。

レイナートは相手の秘密を握ったので、事情を打ち明けてもいいと判断したのだろう。

「サリー皇女、わたくしたちはもしかしたら、あなたに何かしらの協力できるかもしれません。よろしかったら、事情をお話しいただけないでしょうか？」

サリー皇女は迷っているようだ。それも無理のないことだろう。おそらく、秘密厳守で任務を命じられていただろうから。

けれどもここで私たちの申し出を断ったら、サリー皇女はダークハーフエルフである上に何かを探るために大聖教会にやってきた、という情報が知られているだけの状態となる。それは彼女にとって痛手に違いない。

『ねえあなた、あたしみたいな妖精族がついている時点で、この子たちが悪人ではないってわかるでしょう？』

「それは……そうだな」

どういう意味なのか。

思わずレイナートのほうを見る。彼は視線だけで察し、解説してくれた。

「妖精族の多くは悪意に敏感なんです。悪人の傍にはいられないようですよ」

「そう、でしたのね」

悪意など負の感情を抱く人々には、瘴気と呼ばれる黒い靄《もや》が漂っているらしい。

『瘴気というのは、人の悪意から生まれるものなの』

そんな瘴気は人の目には見えないものの、妖精族にはハッキリ見えるのだという。

「でしたら、枢機卿は瘴気で真っ黒なのでは？」

「いいや、そんなもんではない。この大聖教会自体がどこもかしこも瘴気だらけなんだ。誰が多く漂わせているとか、そういうのもわからんくらいの量だ」

「まあ、そうでしたの？」

念のためスノー・ワイトにも確認したが、間違いないと頷いている。

「スノー・ワイトがたまに姿を消していたのは、もしかして瘴気に耐えられなくなったからですの？」

『ええ、まあ、そうね』

「これまで大丈夫でしたの？」

『大丈夫ではないけれど、あなたの傍にいたら、楽になっていたのよ』

それはいったいどういうことなのか。首を傾げていたら、サリー皇女もスノー・ワイトの言葉に同意を示す。

「それは私も驚いた」

人は誰しも瘴気を抱えている。怒り、悲しみ、恨み、妬み、苦しみといった、負の感情を抱かない者はいないから。

けれどもこの部屋は瘴気がほとんどなくて驚いたという。その理由について、スノー・ワイトが解説してくれた。

『この子、瘴気を遠ざけられるの。珍しいでしょう?』

「まさか、〝太陽の子〟だというのか?」

『ご名答』

太陽の子、というのはいったいなんのことなのか。初めて聞く言葉である。

レイナートもわからないようで、珍しく戸惑っているようだった。

「スノー・ワイト、太陽の子というのはなんですの?」

『生まれながらに持つ、祝福みたいなものかしら? 天性の明るさ、前向きさ、強さにより、瘴気を抱えている人々を救う力があるの』

ただ、瘴気を祓《はら》う力があるわけではないらしい。

『瘴気を打ち消すのは、喜び、希望、愛、好奇心などの正の感情だけなの。太陽の子の傍にいる人たちは、しだいに明るさを取り戻して、負の感情に囚われた状況から抜け出してしまうのよ』

ここで、スノー・ワイトが姿を現した本当の理由が明らかにされる。

『長年瘴気だらけだった大聖教会で過ごすレイナートが、そろそろ限界だって気付いたの。だから、あなたの力を借りようと思ったわけ』

私と再会したときのレイナートは、瘴気の影響で精神が汚染されていたのだという。

『記憶の中の彼とは、別人みたいだったでしょう?』

「ええ」

そういう状態だったため、もしかしたら太陽の子である私に素直に助けを求められないかもしれないと危惧していたようだ。

『それで、あたしが一肌脱ごうって思ったわけ』

レイナートと私の関係を取り持つために、スノー・ワイトはコンパクトから千年ぶりに現れたのだと語っていた。

これまで大人しく話を聞いていたサリー皇女が顔を上げ、覚悟を口にした。

「太陽の子がいるのであれば、心強い。話を聞いてくれないだろうか？」

いったい彼女はどういう事情を抱えてやってきたのか。固唾《かたず》を吞んで、話に耳を傾ける。

「そもそも私は、サリー皇女ではない。彼女に仕えていた侍女のひとりだ。魔法使いであるゆえ、本来の名は言えない。ここではサリー皇女と呼んでくれ」

魔法使いにとって、名前は呪文を構成する鍵のようなものだ。呪文が複雑で高度なものになればなるほど、名が魔法の効果に及ぼす影響は大きくなる。

そんな事情があるので、魔法使いの中には自らの名を名乗らない者が多い。私たちの味方である魔女も、本名は名乗っていなかった。

「私は回復魔法が得意だったため、体が弱いサリー皇女の侍女に抜擢《ばってき》されたのだ」

なんでもサリー皇女は病弱で、社交界デビューはまだだったらしい。顔が割れていないことを利用し、サリー皇女と同じ褐色の肌を持つダークエルフに身代わりを命じたのだという。

「なぜ、皇女の侍女をなさっていたの？」

「それはダークエルフの血を引いているからだ」

父親であるダークエルフは物心ついたときから行方不明。両親は婚姻関係にあったわけではないという。

ダークエルフは気まぐれに街に下り立ち、出会った貴族の娘と恋に落ちて、一夜限りの関係を結んだようだ。彼女は未婚の母から生まれた娘だという。

通常、貴族に生まれた娘の結婚相手は父親が探す。父親不在の中で結婚相手が見つかるわけもなく、生きてゆくために皇女の侍女に名乗りを上げたのだとか。

非嫡出子である彼女に対する周囲の目は厳しかった。けれども、サリー皇女だけは優しかったらしい。今回身代わりを務めたのも、サリー皇女への恩義を返すためだったようだ。

「皇帝は山のように娘がいるが、かねてより大聖教会には不信感を抱いていた。それゆえに、娘を嫁がせようなどとは考えていなかったようだ」

なんでも聖水を分けてほしいというアラビダ帝国の陳情に対し、大聖教会側は多額の資金を要求した。

国家間の取り引きならばまだしも、相手は一国家の宗教団体である。侮られていると、皇帝は感じたのだという。

「難民を押しつけ、偽物を送り込むだけでは納得できない。聖水の製造方法を入手してくるようにと、皇帝は私に命じた」

ちなみに、すでに難民は大聖教会へ連れてこられているという。

さらに来月は千人、送り込まれるそうだ。大聖教会は次々と連れてくるように、と言っているのだとか。

難民はすでに、王都の各地で奉仕活動を行っているようだ。

なんてことだと、天井を仰いでしまう。

アラビダ帝国側は最初から大聖教会と手を組む気はなく、密偵をよこしたということになる。

想像を超えた事情を抱える彼女を前に、私の脳内は噴火寸前といったところだった。

「あの、少しよろしいでしょうか？」

「なんだ？」

「わたくしひとりで抱えきれる問題ではありません。彼――レイナートを同席させても構わないでしょうか？」

「そういえば何なんだ、その板金鎧は？」

「わたくしの従兄です」

サリー皇女の許可が出たので、ここから先はレイナートに任せる。

「それではサリー皇女、まずは一点、質問してもよろしいでしょうか？」

「なんだ？」

「あなたは侍女のひとりも連れてきていないとおっしゃっていましたが、それに関しては間違いありませんね」

「ああ、侍女はいない」

「それは、大聖教会に従っていると欺《あざむ》くためでしょうか？」

サリー皇女はきゅっと唇を閉じ、じっとレイナートを見つめている。

否定しないということは、肯定しているようなものだろう。

「さらにもう一点、質問させていただきます。あなたは先ほど、千名もの難民がワルテン王国で奉仕活動をしているとおっしゃいましたが――彼らは本当に難民ですか？」

その質問を投げかけた瞬間、サリー皇女はヒュ！ と息を呑んだ。

まるで自らの首筋にナイフを当てられたかのように、体を戦慄《わなな》かせる。

「なぜ、難民ではないと疑う？」

「私だったら、難民など送り込まないと思ったからです」

難民でない理由についてまったくわからなかったので、レイナートに詳しく説明するよう促した。

「国交がなく、大きくもなければ小さくもない国――けれども、軍事力や大聖教会の影響力、開発された聖水の重要性は侮《あなど》れない。それがアラビダ帝国の、ワルテン王国へ向ける評価でしょう」

仮に戦争をふっかけたら、自国はそれなりの損害を被ることになる。

そんなワルテン王国を効率よく侵略するためにはどうすればいいのか。

「多くの兵士をワルテン王国の国内に潜伏させておけばいいんです。誰もが寝静まった晩に侵攻開始したら、あっという間に勝利することができるでしょう」

ただ、皇女の護衛という名目で大量の兵士を送り込むのは不可能だ。

「ならば、どうすればいいのか。そんなの簡単です。兵士が難民に扮《ふん》するだけで、大聖教会が喜んで引き入れてくれますから」

その作戦を聞いた瞬間、全身に悪寒が走る。アラビダ帝国の皇帝は、難民に扮した兵士を大量にワルテン王国へ送り込んでいるということか。

顔色が真っ青になったサリー皇女を見ていると、レイナートの予想は間違っていないのだろう。

「レイナート、よく気付きましたね」

「ここ最近、怪しい動きをしている不審者を拘束したという話を、知り合いから聞きまして」

地下通路を徘徊《はいかい》していたり、王城の周囲を歩き回っていたり――調べたところ、どちらも奉仕活動をしていた大聖教会のもとにいる難民だったという。

「騎士の話によると、迷っているというより、何か調べている、といった様子だと話していました。歩き方や気配の消し方も、一般市民とは思えなかったようで」

それは騎士ならではの視点だろう。

「ただ、捕まったのが二名だけで、単に元は兵士だった難民が慣れない異国の街で職業意識を発揮してしまったのでは、と思っていたんです」

それがサリー皇女の話を聞いているうちに、ピンときたのだという。

レイナートは核心を突く言葉を投げかける。

「サリー皇女、難民はアラビダ帝国の兵士ということで、間違いありませんね？」

まさに、蛇に睨まれた蛙、といった空気である。

「あなたを悪いようにはしません。それに、こちらも相応の情報を提供します。ですから、正直に答えてください」

レイナートの追及から逃げられないと思ったからか、サリー皇女はコクリと頷く。

「そ、そうだ。難民は兵士で間違いない」

大聖教会は難民に聖水を飲ませ、屍食鬼化させようとした。

一方で、アラビダ帝国側は難民に変装させた兵士を大量に送り込み、侵攻開始するつもりだった。

これまで例にない、とんでもない泥仕合が行われようとしていたのだ。

思わず頭を抱え込んでしまう。

「一刻も早く、貴国の兵士たちを撤退させたほうがいいかと」

「なぜだ？」

「大聖教会は難民たちを利用し、最終的に命を奪うつもりです」

「なんだと!?」

レイナートは聖水を口にしたら屍食鬼化するという情報は、開示しないつもりのようだ。

この辺は慎重に話を進める必要があるのだろう。

「早急に国王陛下に事態を報告し、アラビダ帝国に外交官を送り込む必要がありそうです」

アラビダ帝国は千名の兵士を失ってしまうかもしれないのだ。そんな事実を突きつけられたサリー皇女は唇が紫色に染まり、ガタガタと震えていた。

「それにしても、アラビダ帝国はなぜあなたを送り込んだのでしょうか？　正直、密偵に向いているとは思えないのですが」

たしかに、レイナートの言う通りである。密偵を行うならば、演技力と口の堅さが必要だ。しかしながら彼女には、そのどちらもないように思える。

「私が選ばれたのは、魔法に精通しているからだ。聖水はきっと魔法を使って製造されているだろうと、アラビダ帝国の魔法使いが予想していたから」

「魔法の知識があって、サリー皇女の身代わりを務められそうなのは、あなただけだった、というわけですね?」

レイナートの言葉に、偽のサリー皇女は頷いた。

「ひとまず、これから国王陛下へ謁見してもらいます」

「今から、国王に会うのか?」

「ええ。一刻を争うような緊急事態ですので」

サリー皇女の表情は冴えないままである。この騒動が上手く収まるのか、心配なのかもしれない。

「無理だ、今更動いても。もう、誰にも止められない」

「いいえ、止められます。こちらには、とっておきの切り札がありますから」

「聖水を大量に提供するとか作り方を教えるとか、そういうものでないと、皇帝陛下は納得しない」

「そのどちらよりも、すごいものです」

それは、屍食鬼化を治す魔法薬のことだろう。レイナートは「あとで教えます」と言って、会話を中断させる。

「とにかく、陛下のもとへ行きましょう」

どうやって大聖教会を抜け出すのか、聞く前にレイナートは懐から呪文が書かれた札を取り出す。

あれは、魔法札《スクロール》だ。

「転移魔法で行きます。皆、こちらへ」

私はスノー・ワイトを抱き上げ、レイナートのもとへ行く。サリー皇女も恐る恐るといった感じでやってきた。

「いきますよ」

レイナートが魔法札を破ると、景色が一瞬で変わる。揃って兄の執務室に下り立った。

兄はまだ仕事をしていて、突然現れた私たちに驚いていた。

「こんな時間にどうしたんだ？」

「それが――」

レイナートが事情を話し始める。

とんでもない報告を聞いた兄はすぐに行動を起こした。外交官に完成した魔法薬を託し、これから皇帝と交渉するという。

上手くいきますようにと祈るばかりだ。


翌日は聖女の位の授与式が行われた。寝不足で、正直記憶があまり残っていない。

聖女のドレスが贈られ、大聖教会にとって特別な白い衣装をまとうことを許可された。

ぼんやりしていたら、最後に枢機卿から手を握られてしまう。

「今後、儂の隣に立つ日を、楽しみにしている」

ぞわっと悪寒が走りぬけ、眠気が一気に吹き飛んだ。他の女性と結婚するのに、何を言っているのか。

レイナートがやってきて、枢機卿の手を引き離してくれた。硬直していて動けなかったので、心の中で彼に感謝する。

それからというもの、私はサリー皇女と共に過ごし、アラビダ帝国からの連絡を待った。

一週間後——報告が届くよりも先に、大聖教会である騒動が起きる。

難民たちが大聖教会を抜け出し、ひとり残らずアラビダ帝国へ戻ってしまったのだという。千名もの難民だ。国境に配置された騎士たちだけでは止められなかったらしい。

どうやら、アラビダ帝国との交渉は上手くいったようだ。ホッと胸をなで下ろす。

その翌日に、やっと王宮からの知らせが届いた。なんとかアラビダ帝国の皇帝との交渉は上手くいったらしい。

作戦は次の段階へ移る。

サリー皇女も大聖教会から忽然《こつぜん》と姿を消した——ように思わせて、王宮に逃げ込んでいた。義姉に彼女の身柄を任せてあるのだ。

何もかも上手くいったので安堵していたのに、レイナートは険しい表情でいた。

「あの、レイナート、どうかなさいましたの？」

「いえ、大聖教会はおそらく、何か報復的な行動を起こすだろうなと思いまして」

まだ何をするのか、読めないという。

「この一件は大聖教会の名誉を傷付けました。きっと、それらを挽回するような、とんでもないことをするに違いありません」

ただ、アラビダ帝国に対して何か起こす可能性は極めて低いという。

「怖いですね。今のところ、想像できないです」

「ええ」

不安に思う私たちのもとに、とんでもない情報が届く。

それは大聖教会が発行した、レイナートの顔が描かれた指名手配書であった。

罪状は横領、詐欺、強盗、婦女暴行、食い逃げとあった。

「……こうきましたか」

レイナートは眉間に深い皺を刻みつつ、呆れたように呟いたのだった。

何かしょうもないことをしでかすに違いない。そう思っていたが、レイナートを指名手配するなんて。

「これならば、難民を逃がしてしまったという醜聞を打ち消すことができるでしょうね」

「なんて酷いことをなさるのかしら」

この指名手配書は街中で配られているのだという。新聞各社も大々的に報道しているようだ。

「こちらも早く手を打たなければ」

「手を打つというのは、具体的に何をなさるの？」

「それは――」

レイナートはこちらを見ようとせず、拳を強く握っていた。その様子を見て、ピンとくる。

「まさか、ご自身の出生について明らかにするおつもりですの？」

「ええ、そうです。でないと、このままでは王族の印象が悪くなってしまいます」

レイナートは珍しく冷静ではない。それも無理のないことだろう。彼は以前から、王族の印象が悪くなることを気にしていたから。いったん、落ち着かせる必要がある。

「レイナート、しっかりなさってくださいませ！」

思いっきり背中を叩くと、レイナートは「ぐっ！」と苦悶の声をあげた。

「あなたの出生について情報を公開したら、枢機卿に一撃を与えられるかもしれません。けれども、相手はさらなる手段を講じるでしょう」

報復に対し報復を返したら、さらなる報復が返される。尽きることなどないのだ。そう訴えると、レイナートは自身の行動の危うさに気付いてくれた。

「申し訳ありません。冷静さを失っていました」

「そういう日もありますわ」

しょんぼりとうな垂れるレイナートを抱きしめ、背中をなでる。

これ以上、彼を傷付ける者が出てきませんようにと祈ってしまった。

◇　◇　◇

レイナートが起こしたとされる醜聞は、あっという間に王都中へと広まっているらしい。

今は好きなようにさせておく。あとで、痛い目に遭ってもらおう。そんなことをレイナートと話している。

本日より、聖女の教育計画《カリキュラム》が開始される。

聖女後宮に移り、さまざまな学習に取りかかるのだという。

現在指名手配中であるレイナートは、本人不在の状態で護衛から解任されることが決まった。

そのため、現在のレイナートは潜伏しつつ枢機卿を摘発する情報を集めている。

私も、聖女という立場を利用し、内側から何か動かぬ証拠を得るつもりだ。

教育係が立てられたようだが、まさかの人物が現れた。それは、アスマン院長である。

「どうやらこのお役目を果たすために、フランツ・デールから呼び戻されたみたいで」

「そうだったのですね。別に、アスマン院長でなくても、と思うのですが」

「大聖教会内で教育課程を教えられるのが、俺だけだったんだよ」

その言葉にため息を返す。

「時間がもったいない。行こうか」

「ええ」

これから一部の者にのみ公開されている特別な絵画を見せてくれるという。それは、教皇がいた時代に礼拝堂に飾られていたものだったようだ。

部屋の前でアスマン院長は立ち止まる。彼には見る許可が出ていないのだとか。

そんなわけで、姿を消したスノー・ワイトと一緒に絵画のある部屋へと入る。

飾られていたのは、とてつもなく大きな絵画だ。そこには教皇と、寄り添う聖女の姿が描かれていた。

聖女は頬を染め、教皇を愛おしそうに見つめていた。一方で、教皇はねっとりした視線を向けつつ聖女の肩を抱いている。

「な、なんですの、この絵画は？」

『聖なるものというより、いやらしさを感じるわね』

スノー・ワイトの呟きに思わず頷いてしまう。

ここでふと気付く。縁に何か文字が彫られていた。

「これは、古代語ですわね。スノー・ワイト、読めますか？」

『もちろん』

スノー・ワイトを抱き上げ、文字を読んでもらう。

『絵画の題名みたいね。〝神に等しき教皇と、愛らしき妻であり、聖女である者〟ですって』

「聖女が妻？　どういう意味……あ！」

『どうかしたの？』

「聖女の位を授与した日に言っていた、枢機卿の言葉を思い出したんです」

――今後、儂の隣に立つ日を、楽しみにしている。

まったく意味がわからない言葉だったが、もしかしたら妻として迎えるという意思を示したものだったのか。

『大聖教会にとって聖女という存在は、教皇の妻、という立場なのかもしれないわ』

「そういえば、聖女は三百年もの間出ていない、なんて話を耳にしました」

三百年前といったら、教皇の座がワルテン王国に剝奪されたあたりである。

『だったら、いずれ枢機卿は教皇の座に収まり、その隣に聖女であるあなたが立つ、という未来を想像していたのかしら?』

「おそらく、そうなのだと思います」

全身に鳥肌が立ってしまう。なんて恐ろしい未来予想図を描いていたのか。

『うっ、悪寒が……!　なんだか気持ち悪くなってしまったわ』

「わたくしもよ。スノー・ワイト、もう出ましょう」

『そうね』

待機していたアスマン院長に、絵画について聞かれる。

「中の絵はどうだった?」

「とても大きくて、圧倒されました」

「そう」

追及されたらどうしようかと思ったが、それ以上は何も聞いてこなかった。内心、ホッと胸をなで下ろす。

それにしても、教皇と聖女が夫婦関係にあったなんて驚いた。

確証を得るために、アスマン院長にも質問を投げかけてみる。

「あの、聖女というのは、もしや、教皇の妻を示す立場なのでしょうか？」

「ああ、そうみたいだね」

やはり、間違いではなかったようだ。予想していたので、そこまで衝撃は受けなかった。絵画という前情報がなければ、きっと血の気が引いて気を失っていただろう。

「しかし、枢機卿はアラビダ帝国のサリー皇女と結婚なさるおつもりだったような？」

「そっちは正妻《せいさい》で、聖女さまは聖妻《せいさい》という立場になるみたい」

「正妻と聖妻、妻が複数いる、という状況が許されますの？」

「みたいだね。教皇にはそれが許されるそうだ」

なんでも過去には、十名もの聖女を迎えた教皇もいたらしい。なんてはしたない話なのか。耳を塞ぎたくなってしまった。

うんざりしつつ、部屋を移動する。今度は壁という壁に本棚が設えられ、本がびっしり並んだ部屋にやってくる。

ここは聖女専用の書庫だという。

テーブルには本が山のように積まれていた。

「これから受けてもらう教育課程は、教皇を助けるための知識になるんだ」

近くにあった本を手に取り、中身をパラパラと捲っていく。その内容に驚愕した。

これは帝王学――王になるに相応しい知識や教養が書かれたものである。

「歴代の聖女は皆、これを習得しておりましたの？」

「そうだね。その知識をもって、教皇の治世を支える手助けをしていたっていう記録が残っているんだよ」

これは手助けレベルの内容ではない。教皇は聖女たちに知識を叩き込み、政治活動をするように指示していたのだろう。

何から何まで愚かな、としか言いようがない。

「それにしても、少し読んだだけで理解するなんてさすがだな。もしかして、こういった教育も受けていた？」

「ええ。兄に何かあったときのためにと、少しだけ学んでおりました」

アスマン院長は驚いた表情で私を見つめている。

「君は、聖女に相応しい女性だったんだね」

褒めてくれたのだろうが、枢機卿の妻になる未来について考えるとまったく嬉しくない。

アスマン院長は珍しく、嬉しそうにしていた。勉強を教える側からしたら、指導の負担が減って気が楽になったのだろう。

「では、始めようか」

「ええ、わかりました」

彼からも何か情報を引き出してやる。

そんな気持ちで、聖女の教育課程に挑むふりを始めた。

それからというもの、私は帝王学に等しい教育の数々を受ける。

毎日、きちんと知識を身に付けているかを審査する試験があるので気が抜けない。

合間合間でアスマン院長と話をするようになったからか、ずいぶんと打ち解けたように思える。

「あの、以前から疑問だったのですが、アスマン院長は枢機卿になろうと思わなかったのですか？」

現在の枢機卿よりも、相応しい知識や実績を持っているように思えたのだが。

それに対し、彼は謙虚に返した。

「枢機卿の地位なんて、相応しいと思ったことは一度もないよ。それに……」

「それに？」

「俺には父親がいない、非嫡出子だから、今の大聖教会では認められないんだ」

枢機卿を選出する際には家柄を重視するのだという。アスマン院長の母親は中流階級出身で、裕福な家に生まれたものの、未婚のまま亡くなったらしい。

「この国では身分がすべてだ。いくら賢く知識を持っていても、生まれが卑しかったら意味がない」

それについては、何も言えない。私自身が恵まれた環境に生まれた者だからだ。

「家柄に関係なく、相応しい者が、しかるべき役職に就けたらいいのにね」

独り言のような言葉に、私は頷くことしかできなかった。

夜――レイナートと通信魔法で連絡を取る。もちろん、盗聴されないようにスノー・ワイトに結界を張ってもらっていた。用心には抜かりない。

「――というわけで、聖女は教皇の妻という立場らしいのです」

『あの男、なんて卑劣なことをするのか。絶対に許せません』

しかしながら、レイナートは納得できたという。なんでも、サリー皇女に逃げられたことについては、枢機卿はさほど気にしていないようだったのだ。

「レイナートのほうは何か発見できましたの？」

『ええ』

枢機卿を巡る金銭の動きについて、レイナートは傍付き時代の伝手《つて》を使い、せっせと調べていたらしい。その結果、これまで枢機卿が行った横領や恐喝、職権濫用、贈収賄など、ありとあらゆる不祥事の数々が見つかったという。

「呆れたとしか言いようがありません」

『本当に』

今すぐにでも摘発できるようだが、肝心の聖水に関しての情報が集まっていないらしい。

『可能であれば、聖水について書かれた書物を回収したいのですが、枢機卿の管理下にないようで、どこを探っても見つからないような状況です』

「そうでしたか。でしたら、わたくしのほうからアスマン院長に探りを入れてみるのはいかがでしょうか？」

『いえ、それは危険かと』

アスマン院長は枢機卿の直属の配下なので、探りは入れないほうがいいという。

『ドミニク・アスマン――彼に関する情報を集めてみたのですが、枢機卿とは逆に、聖人としか思えないくらいの情報が出てきました』

寝る間も惜しんで患者の治療にあたり、これまで出した書籍の売り上げは全額屍食鬼の被害を受けた人たちへ寄付。大聖教会からの報酬はいっさい受け取らず、奉仕活動に努めているという。

『母親が亡くなってからは親戚一同に見放され、その後、助けてくれた枢機卿に恩を感じているそうです。大聖教会に骨を埋めるつもりだと、語っているとのことですよ』

そんな事情があったので、彼は枢機卿の言いなりだったのだろう。

「アスマン院長は非嫡出子だとおっしゃっていましたが、大変な出生をお持ちだったのですね」

『ええ。気の毒なお方です。ただ……』

「ただ?」

『いいえ、気のせいでしょう。なんでもありません』

彼について引っかかる件があったようだが、それはレイナートが個人的に受けた印象らしい。彼ほどクリーンな男性はいないという。

ひとまず今後も油断せず、何か情報を得られたらレイナートに報告しよう。

◇◇◇

それから一ヶ月経った。

下手な探りを入れられない私は、大聖教会からあてがわれた部屋に引きこもって聖女教育を淡々とこなすことしかできていない。

そんな中で、わが耳を疑うような学習内容がアスマン院長より聞かされる。

「次は、そろそろ聖水の作り方を教えようか」

そう言ってアスマン院長が取り出したのは、黒革の書物。ぞくっと鳥肌が立つ。

表紙に捺された金色の〝禁貸出〟の刻印を、見間違えるわけがない。これは王家の禁書庫から持ち出された、死霊術について書かれた魔法書だろう。

レイナートが血眼になって探していたそれは、テーブルに置かれていた。

腕を伸ばしたら、すぐに手に取れる位置にある。

大聖教会は人を屍食鬼にするおぞましい液体を、聖水と名付け、おぞましい行為を続けていた。

平静を装いながら、質問を投げかける。

「こちらの本は?」

「聖水を作るにあたって、参考にした本だよ」

つまり、アスマン院長は聖水の作り方を知っている?

聖水を作ったという実績を、押しつけられたわけではない?

賢い彼が、死霊術士の書物から作られる聖水について、どういう効果を及ぼすのか知らないわけがない。

ということは――――!?

聖水について書かれた書物を手に取ると、傍にいたスノー・ワイトを抱き上げてアスマン院長から距離を取る。震える声で問いかけた。

「アスマン院長、あなたは、聖水がどんなものかご存じですの？」

彼は笑顔で頷いた。

なんてことなのか！　屍食鬼の襲撃で負傷した患者のために、身を粉にしながら治療を行っていた彼が、聖水の用途を正しく理解していたなんて。

「ど、どうしてあなたが、そのようなことを？」

「そんなの簡単だよ。大聖教会では、昔からそうやってきていたからだ。この不思議な水を飲むと、人は屍食鬼になる。それで人を襲わせ、さらなる屍食鬼を作り出す。人々は屍食鬼を恐れ、大聖教会へ行き、心の安寧を求める。今は、聖水を欲し、積極的に寄付してくれる。大聖教会は財を無限にかき集めることができるんだ。実に効率的だろう？」

話を聞いているだけで、胃がムカムカしてくる。突然の裏切りに、怒りと悲しみ、憤りなどの負の感情が一気にこみ上げてきた。

腕に抱いていたスノー・ワイトがぐったりしているのに気付く。私が怒りの感情を抱いたせいで、こうなってしまったのか。

「スノー・ワイト、申し訳ありません」

『あたしは大丈夫だから、話を続けて』

「え、ええ」

私は震える声で、アスマン院長に問いかけた。

「アスマン院長はずっと、治療をするふりをして、屍食鬼を作り出していたのですね？」

「もちろんだよ。そうしていたら、大聖教会は俺に価値を見出す。そんな愚かな奴らを、俺は嘲笑っていた」

「愚か？　嘲笑う？　あなたは、屍食鬼を作り出すことが悪だと、理解していますのね」

「それはもちろん。屍食鬼のように、自分の考えや意思を奪われているわけではないからね」

母親を亡くし、頼る者がいない彼に、大聖教会側が悪事をするよう唆していたに違いない。

身よりがなかったアスマン院長にとって、保護してくれた大聖教会のやっていた行為に反対などできなかったのだろう。けれども、その行為は許されるものではない。

「あなたは、頑張る方向性を間違っていた」

「いいや、間違いなんかじゃないよ」

「けれども、あなたほど賢く、屍食鬼に関する知識があったならば、たくさんの人たちを救い、助けの手を差し伸べ、本当の英雄になれたはずなのに」

「ばかばかしい。英雄になんて、なったとしても無駄なんだ」

「そうして無駄だと思うのですか？」

アスマン院長はほの暗い視線を向けつつ、その言葉の意味するところを口にした。

「この世は地位と名誉、そして財産がすべてだからさ。どれだけ才能があっても、弱い立場の者たちは搾取《さくしゅ》される。どれだけ頑張ったって、努力が実るはずがないんだ！」

彼はきっと、多くの挫折と辛酸《しんさん》を嘗《な》めてきたに違いない。詳しく聞かずとも、察することができた。おそらく、私が何を訴えても、聞き入れてもらえないだろう。

それでも、何も言わないわけにはいかなかった。

「アスマン院長、ここから出ていきましょう。国王陛下のもとで、罪のすべてを告白するのです。そうすれば――」

「王家の手助けなんて、今更必要ない。この先、俺はそれらを超越した存在になるのだから」

「王家を超越した存在？　まさか教皇にでもなるとおっしゃっていますの⁉」

「ああ、そうだ」

教皇の復活、それは現在の枢機卿の野望だ。なぜそれを、彼が目指しているのか。

「俺が教皇となった暁には、君には聖女として隣に立ってもらう。不幸な出来事で王家が滅びても、王女だった君がいたら、国民たちも支持するだろうからね」

「なっ⁉」

「大人しく従うんだ」

そう言って、アスマン院長はこちらへ接近する。腕を取られそうになった瞬間、私は叫んだ。

「レイナート‼」

「叫んでも無駄だ。ここは不可侵の結界が――」

彼が言いかけたそのとき、床に魔法陣が浮かび上がる。

魔法陣を警戒し、アスマン院長は後退していく。

「な、なんだ、それは⁉」

その問いに答えるかのように、魔法陣に人影が浮かんでくる。部屋の中は光に包まれ、収まったのと同時に、レイナートが下り立った。

「そろそろ呼び出されるのではないかと思っていました」

突然の召喚であったが、レイナートは平然としていた。私を庇うように立ち、アスマン院長から守ってくれる。

「レイナート、彼、アスマン院長は聖水の効力について、知っていましたの！」

「なるほど。アスマン院長、やはり、あなたが黒幕でしたか」

どうやらレイナートは、アスマン院長を疑っていたらしい。

「証拠は？」

アスマン院長はふてぶてしい態度で聞き返す。

「どこにもありませんでしたが、逆にそれが怪しいと思った点なのですよ」

なんでも枢機卿に近しい者たちは皆、汚職に手を染めていたらしい。けれども、アスマン院長だけは何も見つからなかった。

「巧妙に隠していたとしか思えなかったんです」

レイナートの読みは当たっていたのだろう。アスマン院長は唇を嚙み、こちらをジロリと睨みつけている。

「枢機卿に聖水の使い方を勧めたのも、あなたですね？」

ケガや病気で救いを求める人に聖水を与え、屍食鬼にして利用する、という残酷極まりない手口を、あの枢機卿が思いつくわけもない。きっと彼が唆したのだろう。

「さあ、どうだろう？」

アスマン院長はここぞという場面で、しらばっくれる。どうやら、レイナートの前では罪を認めないつもりらしい。

「いろいろと情報は集まっているんです。あとはあなたさえ認めたら――」

「これまでの大聖教会のやり方が非効率的だったことは認めるよ」

「あなたは、人の命をなんだと思っているのですか！」

「皆、自分の命以外、どうだっていいんだ。お前らも、そうなんだろう？」

レイナートはこれ以上語りかけるに値しないと思ったのか、アスマン院長の訴えを無視する。

「アスマン院長、あなたが手を貸すようになってから、大聖教会は変わりました」

適度に人々に聖水を与えて屍食鬼を増やしつつも大聖教会の権威を高め、一方では滑落事故を起こす者たちが多いフランツ・デールで人々を誘拐し、聖水を飲ませて強力な屍食鬼を作る。それがこれまでのやり方だった。

それでは教皇の復活など、遥かに遠くなる。もっと早く聖水を世に知らしめ、屍食鬼の数を増やしたら、教皇の復活はすぐ目の前になる。

「アスマン院長が枢機卿を唆し、大聖教会の計画を早めたのではありませんか？」

悪事のすべてを枢機卿に押しつけ、自らが教皇になる。王家も滅ぼし、確固たる地位を手に入れることをアスマン院長は計画していたのかもしれない。

「もしや、私が初めて屍食鬼に襲われた晩、騎士にお酒を差し入れして酔わせたのも、あなたですよね？」

「それも、想像にお任せするよ」

ここまで明らかになっているのに、アスマン院長は自らの罪を認めようとしなかった。呆れて言葉も出てこない。

「そもそもあなたはなぜ、枢機卿側についたのですか？」

「それは簡単だよ。俺を見放した奴らや、俺が手にするはずだったものを苦労もなく享受していた奴が、許せなかったからだ。そんな奴らをいつか見下ろしてやる。そんな未来を見るために、俺は大聖教会に賭けることにしたんだ」

見放した者たちというのは、アスマン院長を捨てた親族だろう。もうひとつ、彼が手にするはずだったものを享受していた者とは？

レイナートも疑問に思ったのだろう。アスマン院長に問いかけていた。

「あなたが得るはずだったものを得ていた者とは、誰なのです？」

アスマン院長はまっすぐに指を向ける。指先はレイナートのほうに向けられていた。

「私が？　いったい何を……？」

「この顔に、見覚えはない？　よーく見てみて」

レイナートよりも先に、気付いてしまった。以前、アスマン院長が誰かに似ていると感じていたのを思い出す。

彼は、レイナートの父親――私にとっては叔父にそっくりだったのだ。

ピンときていないレイナートに耳打ちする。

「レイナート、彼はあなたのお父さまの若い頃にそっくりです」

「父に⁉」

私が幼い頃、叔父は毎日王宮にやってきて、私を可愛がってくれた。そんな事情があったので、記憶に残っていたのだろう。

一方で、レイナートが幼い頃の叔父は、ほとんど家に帰ってきていなかったらしい。

「当時は、母と不仲だったと聞いていました」

それゆえに、レイナートの母は枢機卿との不貞に走ってしまったのか。その辺の事情はよくわからない。

「父に隠し子がいたなんて」

「俺も、母親から聞かされたときは驚いたよ。でも――」

アスマン院長の母親が亡くなったあと、彼は父親である叔父を訪ねたらしい。けれども、会えなかったという。

「そのとき、父は不在で、代わりに執事と夫人が応対してね。俺を汚らわしいものを見るような目で、追い出したんだ」

後日、叔父との面会も叶ったようだが、反応は酷いものだったという。

「金の無心かと思って、俺に金貨を投げつけてきたんだ。これほど、惨めだと思った日はなかった」

アスマン院長はレイナートの両親に対し、猛烈な憎しみを抱いたらしい。

その後、大聖教会に身柄を引き取られたのだという。

「ある日、衝撃的な光景を見たんだよ」

奉仕活動を行う中で、ある日王族のパレードを目にした。

「そこでね、君らを見つけたんだ。観衆のひとりが、解説してくれたんだよ。ヴィヴィア王女と、王弟のご子息であるレイナートさまだって」

多くの人たちに愛され、恵まれた環境で育ったレイナートが、これ以上なく輝き満ち足りているように見えたらしい。

「本来ならば、あの場にいたのは俺だったかもしれないのに！」

あの場所から、引きずり落ろしてやる――！

アスマン院長は心の中で誓ったらしい。

そのためには、大聖教会で確固たる地位を得なくてはならない。

どうすればいいのかと考える中で、屍食鬼についての情報を得たのだという。

「歓喜したよ。人知れず、命を闇に葬る方法があるんだから」

「まさか、父と母は、あなたに屍食鬼にされたのですか？」

アスマン院長はにやりと笑うだけだった。彼がやったと認めたようなものだろう。

レイナートの両親の死は、事故ではなかった。彼はそれをずっとひとりで抱えていたのだ。

私は知らずに、彼が変わってしまったことだけをひたすら嘆いていた。

なんて愚かだったのか。嫌われて当然である。

レイナートの背中から、これまでにない怒りを感じた。

咄嗟に、声をかける。

「レイナート」

「――っ！」

レイナートの肩がハッと震え、振り返った。自らが怒りに支配されていることに気付いたのだろう。こくりと頷く。

「あなたは、両親の子である私を恨んでいたようですが、私は父の子ではありません」

「なんだと？」

「母が不貞をし、生まれた子どもだったのです。父はそれを知っていたようで、私に対し冷たい態度を貫いていました」

レイナートは叔父の血を引いていない。王家の血筋ではないのだ。

さらに、レイナートの王位継承権は叔父が早々に返上していたという。

「だから、お前は大聖教会にやってきた、というわけだったのか」

アスマン院長は信じがたい、という表情で問いかける。けれども瞳には怒りが滲んだままだった。

「でも、将来枢機卿になって、恋い焦がれていたヴィヴィア王女と結婚するつもりだったんだろう？」

「それは違います」

「どうだか！」

レイナートとアスマン院長は睨み合い、ぴりついた空気が流れる。

おそらく、部屋の中は瘴気で満たされていることだろう。私はぐったりしているスノー・ワイトを抱きしめ、後退した。

アスマン院長は何か思い出したのか、ニヤリとほくそ笑む。

「実はね、君の両親は数年もの間、屍食鬼として生きていたんだよ」

化け物のまま生き続けていたレイナートの両親の最期は、信じがたいものだった。

「彼らはとんでもない罪を犯した。国王夫婦を、襲撃したんだ！」

怒りがこみ上げる。

勝手に襲ったかのように語るが、屍食鬼に意思はない。アスマン院長が襲わせたに決まっている。

両親を襲った屍食鬼は、騎士たちに討伐されたと聞いたが……。

「まさか、王族同士で殺し合っていたとはね。なんとも傑作だ！」

レイナートは剣を抜き、アスマン院長に斬りかかろうとした。

しかしながら、突然修道女たちが立ちはだかるように押しかけてきた。かと言って、何か攻撃をしてくるわけではない。無抵抗な者たちを斬ることになるので、一撃を与えることができないようだ。

レイナートが一歩近づくと、彼女らはアスマン院長の前に立ち、腕を大きく広げる。まるで、身を挺して守るかのような態度でいた。

「彼女らはいったい……？」

なんだか様子がおかしい。目の焦点が合っておらず、自分の意思がないように思えた。

「ここにいるのは、新しい屍食鬼なんだよ。これまでは肌が赤黒く変色して、口も裂けるという、おぞましい見た目だったんだ。けれどもこの新しい屍食鬼は、生きている人みたいだろう？　これまでの屍食鬼のように、無差別に襲うことはない。理性があるようなんだ」

聖水に新たな効力を加え、意のままに操ることができるというのか。

なんて恐ろしい化け物を作り出したのか。勝手に生まれてきたように話しているが、新たな屍食鬼を作り出したのもアスマン院長なのだろう。

「これまでの屍食鬼は牢屋に閉じ込め、人がいる場に放って襲わせることしかできなかったけれど、この屍食鬼は違う」

アスマン院長は私たちを指差し、高々と宣言した。

「ひとまず、レイナート、お前はここで死んでもらう。ヴィヴィア王女は、彼女たちと同じように、屍食鬼になってもらおう」

アスマン院長は初めから私を屍食鬼にするつもりで、真実を包み隠さず話したのだろう。レイナートについては、この場で処分できないかもしれないので、罪を認めなかったのかもしれない――と、分析している場合ではなかった。

修道女たちは、スカートの下に隠し持っていたナイフを取り出す。腕をまくって何をするのかと思えば、ナイフで自らの肌を切り裂いたのだ。

滴る血がナイフに付着する。

屍食鬼の血は私たちにとって猛毒だ。彼女らは、それを活かした戦い方ができる知能があるのだろう。これまでの屍食鬼とは、何もかもが異なるようだ。

「そうだ。ちょっと待って。ヴィヴィア王女を先に屍食鬼にして、レイナートを殺させるのも面白いな。王女が王族関係者をひとりひとり殺していくなんて、いい考えだと思わない？」

それに対し、レイナートは地を這うような声で返した。

「最低最悪です」

「そうだろう？　もう、すでに計画は進んでいる」

「計画、ですか？」

「ああ。以前、聖石のペンダントをヴィヴィア王女に渡しただろう？　あれは、屍食鬼を引きつける力があるだけでなく、新しい屍食鬼へ変化させる起動装置なんだよ。長く身に着けていたら体に馴染んで、最終的に屍食鬼となる。ヴィヴィア王女、君も屍食鬼になるんだ！」

屍食鬼にするための魔法札だろうか。彼はそれを取り出し、破ってみせる。

そうすれば、私は屍食鬼になるという話だが――。

シーンと静まり返る。私自身に変化はない。

「ん？　どうした？　まだ、屍食鬼として目覚めていないのか？」

「アスマン院長、こちらの聖石のペンダントですが」

以前、彼から託された聖石のペンダントを指先で掴む。

「偽物なんです」

「は⁉」

そう告げたのと同時に、レイナートは一歩足を踏み込む。その瞬間に、何か細い針のようなものが飛び出した。

弧を描いて飛んでいったそれは、アスマン院長の額に突き刺さる。

「うっ、なんだ、これは⁉」

「聖水を塗った針です。魔女に依頼して作らせたもので、刺さると濃縮させた聖水が体内に入り込む仕組みとなっております」

なんと、通常よりも早く屍食鬼化する代物らしい。魔女特製の、とっておきの奥の手をレイナートは持っていたのだ。

「屍食鬼になりたくなければ、降参してください」

「そ、そんなものがあるはず——ぐはっ⁉」

アスマン院長はぶるりと震え、吐血した。それだけではなく、すでに指先が赤黒く変化していたようで、悲鳴をあげる。

「がっ、があああ！」

膝をつき、頭を抱え込む。血の涙を流し、苦しみ始めた。

「お前、お前は悪魔だ！」

「あなたが多くの人々に施していた悪行でもあります」

「違う！　俺は、それをゆ、赦《ゆる》されて、いたんだ！」

二度目の吐血のあと、アスマン院長は倒れてしまった。そんな彼に、レイナートは言葉をかける。

「私たちは、屍食鬼化を治す薬を持っています。これも魔女が作ったものですが、もしもあなたがすべての罪を認めるのであれば、差し上げましょう」

「な、なんだと？　そんな甘言、信じると思うのか？」

レイナートは同じような針を、修道女たちに刺していく。針が刺さった修道女たちはハッとなり、瞳に光が灯る。だが、意識は戻らないようで、次々と倒れていった。

「屍食鬼として、人生を終えたいのですか？」

「そんなわけ、そんなわけあるか！　俺は、俺は――がっ、ううう、あああああ‼」

「早く、罪を認めるのです。屍食鬼として、のたれ死にたくないのならば！」

アスマン院長は近づいてきたレイナートに手を伸ばしたが、事切れるようにそれを下げた。

「俺が、やった。すべて……すべてだ」

罪を認めた瞬間、レイナートは屍食鬼化を治す薬をアスマン院長に飲ませた。すると、指先の変色はなくなり、荒くなっていた息も治まっていく。

「騎士たちが駆けつけるまで、大人しくしていてくださいね」

念のため、レイナートはアスマン院長を縄でぐるぐる巻きにし、身動きが取れないようにしていた。

倒れている修道女たちの意識が戻りつつある。完全に覚醒する前に、傷を回復させなければならない。

「ヴィヴィア、違背回復魔法はダメですよ」

「わかっています」

屍食鬼化を治す薬を打ち込んだので、通常の回復魔法が有効だろう。

私が修道女に回復魔法をかけている間、レイナートはスノー・ワイトと協力して建物にかけられた結界を解く。

その後、騎士が押しかけ、アスマン院長は拘束された。事件の黒幕として、罪に問われるだろう。

もちろん、枢機卿も無罪というわけにはいかない。

アスマンの自白とレナートの集めた証拠によって、逮捕されることになった。レイナートの手引きで捕縛に来た騎士たちを前に枢機卿は叫ぶ。

「なぜ、なぜこの儂を捕まえるのか！　もっと欲深く、愚かな人間はたくさんいるというのに！」

枢機卿はレイナートにとって実の父親である。けれども、容赦など欠片も見せていなかった。

最後のあがきとばかりに、枢機卿はレイナートを指差して叫んだ。

「この者は、儂の隠し子で、策略に嵌められたのだ――！」

「彼の言葉はすべて虚言です。聞き入れないように」

レイナートはごくごく冷静に言葉を返す。

汚職に手を染めていた枢機卿の主張など、今となっては誰も耳を傾けないようだ。

「レイナート！　絶対に許さんぞ！」

「早く連行してください」

枢機卿は騎士に引きずられながら、大聖教会をあとにした。

自分の罪は、自分の罪。他人の罪など関係ない。

つべこべ言わずに、自分のした行為を反省してほしい。

◇　◇　◇

それからバタバタと忙しい日々を送っていたが、私はなるべくレイナートと過ごす時間を作った。

今日はベリーパイを焼いて、彼のもとを訪れる。

「レイナート、今日はこちらを一緒に食べましょう」

「もしかして、ヴィヴィアの手作りですか？」

「もちろん」

嬉しそうに食べてくれるので、頑張って作ってよかったと思う。

「くたくたに疲れていたのですが、このベリーパイのおかげで、元気になりました」

「ふふ、よかった」

事件はおおかた解決したと言ってもいいだろう。

「もう、これで安心してもいいでしょう。ヴィヴィア、あなたを害する者は、どこにもいません」

「レイナート、本当にありがとう」

「私のほうこそ、お礼を言わなければならないのに」

「わたくしが頑張れたのは、あなたがいたからですわ」

ひとりで戦っていたら、途中で心が折れていただろう。ふたりで協力し、得た勝利なのだ。

「あなたに、どう報いたらいいのか、わかりませんわ」

「私はあなたが生きていたら、それ以上嬉しいことはないのです。何かしようと思わなくてもいいのですよ」

「また、あなたはそんなことをおっしゃって……」

そういうところがレイナートらしいと言えばいいのか。もっと私に対していろいろ望んでほしい、と思ってしまうのは我が儘なのだろう。

「それにしても、本当に大変な事件でしたね」

「ええ」

枢機卿が拘束された結果、孫娘であるアデリッサさまにまで影響が及んだようだ。

婚約は破談となり、彼女は社交界から追放される。

その後、富豪の愛人になったという噂話を耳にしたが、本当かどうかはよくわからない。

屍食鬼の真実については全国民に知れ渡り、大聖教会は非難の的となった。

なお屍食鬼が大人だけを襲い、子供に対して無関心だったのは、未来ある子どもから金銭などを搾取しようと考えていたからだという。何とも悪どい話である。

連日、大聖堂は荒らされ、修道女や修道士は石を投げられる始末である。

その様子を見て、レイナートは呆れていた。

「屍食鬼はこの先いなくなりそうですが、我々は新たな化け物を生み出してしまったようですね」

「ええ、本当に」

「非常に残念です」

罪の本質を、人は理解できていない。

誰が悪で、誰が悪でないか、しっかり説いていく必要があるのだろう。

そんな状況の中で、驚くべき情報がレイナートより知らされた。

「ヴィヴィア、私は今日から、大聖教会の枢機卿を務めることになりました」

信じがたいことに、レイナートは不良債権となった大聖教会の責任者となるらしい。

「レイナート、もしかして、お兄さまに頼まれましたの？」

「いいえ、違います。自分で望んだことです」

レイナートは元枢機卿から仕事を押しつけられていたので、枢機卿が何をすべきか把握しているらしい。

司祭や司教ですら大聖教会から逃げ出しているような状況で、自分以上に相応しい人間はいないと兄に訴えたようだ。

「まあ、そんなわけですので、ヴィヴィアとはここでお別れですね」

「それはどうして？」

「どうしてって、あなたは王女に戻るのでしょう？」

そうなのだ。兄は私が王女の立場を返上するという書類を決裁せず、そのまま手元に置いていたらしい。

私が望んだら、いつでも王女の立場に戻れるようにしていたのだ。

しかしながら、私はそれを断った。

「わたくしは聖女として、ここに残るつもりでした」

「なぜ、ですか？」

「屍食鬼の被害で困っている人たちは、まだ各地におりますので。王女ではなく、聖女をしているほうが、支援がしやすいと判断いたしました」

レイナートは目を見開き、信じがたいという視線をこれでもかと向けてきた。

「というのは理由のひとつで、ここに残ったら、レイナート、あなたと一緒にいられるのではないか、と考えて——きゃ！」

急にレイナートが私を抱きしめる。優しく、慈しむような抱擁だった。

「ヴィヴィア、これから先も、あなたは私の傍にいてくれるのですか？」

「レイナートさえよければ、ですけれど」

回した腕に、少しだけ力が込められる。レイナートの喜びを、この身で感じてしまった。

「私はあなたに嫌われる覚悟で、王宮を去りました。それなのに、ヴィヴィアが大聖教会にやってくるなんて、夢にも思っていませんでした」

最初はレイナートを信じられなかったし、私のほうが嫌われていると思い込んでいた。

けれども彼は少しずつ、昔のレイナートに戻っていった。

幼少期のように信じてもいいんだと気付いたときには、とても嬉しかった。

一緒に過ごすうちに、傍にいるだけではなく、彼を助けたいと思うようになっていったのだ。

「子どものときは、レイナートと結婚すると信じて疑わなかったものですから」

「私は絶対にあなたと結ばれる未来なんてないから、と諦めていましたが」

巡り巡って、私とレイナートは出会い、今、こうして昔のように共に在る。それがどれだけ喜ばしいことなのか、もう、言葉にできない。

「大聖教会にやってきて、わたくしはいろいろ変わったように思えます」

「紅茶も自分で淹れられるようになりましたしね」

「そう！　わたくし、ひとりでなんでもできますの」

かつては服を着るのも、お風呂に入るのも、誰かの手を借りていた。そんな私が、何もかもひとりでできるようになったのだ。

現在、ミーナとは主人と侍女ではなく、友人関係にある。

休日にお茶を飲みながらお喋りするのが、楽しみのひとつであった。

「王女のままだったら、枢機卿になるというあなたのもとに飛び込んでいけなかったでしょうね」

レイナートは私を離し、じっと見つめてくる。

ここまで熱烈な視線を浴びた覚えがないので、盛大に照れてしまった。

何か大切なことを言おうとしているのだろう。私はレイナートを見上げる。

「ヴィヴィア、私はあなたを、心から愛しています」

「――っ！」

その言葉は、夢にまで見た、とっておきのものだった。

言葉を返そうとしたのに、涙が溢れてくる。そんな私を、レイナートは優しく抱きしめてくれた。

落ち着きを取り戻したあと、やっとのことで気持ちを口にできた。

「わたくしも、レイナートを愛しております」

想いがひとつになった瞬間、笑顔が零れた。

私は泣きながら笑っていたように思える。

何年もすれ違った私たちが、ようやくつかみ取った愛だろう。

幸せを分かち合うようなキスをする。

一瞬にして、心が満たされた。

しばし見つめ合っていたら、背後から抗議の声があがった。

『ちょっとあなたたち、永遠にいちゃいちゃするつもりなの!?　あたしの姿が見えていなかったのかしら？』

「スノー・ワイト、いつからそこにいらしたの？」

『その子が枢機卿になると言ったあたりからよ！』

「最初からではありませんか！」

私たちの恋を見守ってくれたスノー・ワイトは、今日も元気いっぱいである。
こんな毎日が続きますように、と祈るばかりだ。

番外編その一　久しぶりの外出

今日、レイナートは休日となっていた。

それなのに、部屋を覗きに行ったら小難しい顔をして書類を覗き込んでいる。

「レイナート、休みの日に何をなさっていますの？」

「ああ、これは急ぎの仕事ではないのですが、なんだか気になってしまって」

その書類を取り上げ、引き出しにしまっておく。

「休日はしっかり休んでくださいませ。でないと、体がもちませんから」

「しっかり休む、ですか？」

「ええ。疲れているようならば、眠れなくても横になるだけで調子がよくなるようですよ」

「別に疲れてはいないのですが」

連日忙しい日々を過ごしていたようだが、特に疲労感などはないようだ。さすが元騎士と言うべきなのか。

「では、どこかにお出かけになったら？」

「何を目的に外へ行くのです？」

レイナートの問いかけに、目が点となる。

「何をって、遊びに行くのですよ」

「ああ、そうでしたね。もう何年も、娯楽目的に外出していなかったもので、わかりませんでした」

「ちなみに、最後に遊びに行ったのは？」

「ヴィヴィアが舞台を観に行きたいと誘ってくれた日でしょうか？」

「それは、わたくしが十歳のときの話ではありませんか！」

レイナートが挙げた外出は、遥か昔の記憶だった。

詳しく言えば、レイナートは私に無理矢理付き合わされただけである。彼自身の娯楽でも何でもない。

レイナートは若くして両親を亡くし、屍食鬼の秘密に勘づき、ひとり王宮を出た。

事件の真相を探るため、休まずに調査し続けていたのだろう。そのときの癖が、平和になった今でも抜けていないのだ。

どこに行けばいいのかわからないというレイナートの腕を引く。ポカンとした表情で私を見上げる彼を、幼少期ぶりに誘った。

「レイナート、わたくしと遊びに出かけましょう」

「遊びに、ですか？」

「ええ」

せっかく誘ったのに、レイナートは乗り気ではなかった。

「どうしてですの？」

「それは——私が元指名手配犯だからですよ」

元枢機卿が広めたレイナートの指名手配書は、今でも出回っている。回収しきれていないのだ。

今回の騒動のあらましはある程度報道されているが、新聞を定期的に読む者は意外と少ない。そのため、いまだにレイナートが犯罪者だと思っている人たちもいるらしい。

「でしたら、変装して出かけましょう。わたくしも王女でないのに、王族だと敬意を払う者たちがおりますので」

ここまで言っても乗り気ではなかったものの、強引に決行する。

「では、二時間半後に集合ということで」

「わかりました」

各々別れ、変装に勤しむ。

私はスノー・ワイトの助言を受けながら、ドレスやカツラを選んだ。

『あなたはね、どんな地味な服を着ても、品が隠せないのよ。だからね、わざと派手なドレスと髪色を選んで、悪目立ちしちゃいなさいな』

「それって大丈夫ですの？」

『もちろんよ。強烈な恰好をしていたら、人は逆に目を逸らすから』

「そういうものですのね」

スノー・ワイトの助言を受け、ドレスは真っ赤なものを選ぶ。カツラは黒い髪に赤いメッシュが入ったものを選んだ。つばの広い帽子を被ったら、いつもとまったく違った雰囲気になった。

『あら、いいじゃない。成金貴族の愛人って感じで』

「褒め言葉として受け取っておきます」

レイナートはいったいどんな恰好でやってくるのか。だんだん楽しみになってきた。

集合時間となり、レイナートが私のもとへやってきた。

黒髪のカツラにサングラス、黒いフロックコート、それに金のチェーンネックレスを合わせた、成金貴族風の恰好をしていたのだ。

『やだ、あなたたち、最高にお似合いじゃない』

レイナートは私の恰好を見て険しい表情を浮かべていた。私は案外彼の衣装が似合っていたので、笑ってしまう。

「レイナート、お似合いですって」

「この恰好で言われても、嬉しくないですね」

「わたくしはとても嬉しいです」

レイナートは盛大なため息を吐いたあと、表情をキリリと引き締める。

「では、行きましょうか。こういう機会はめったにないので、思いっきり豪遊しましょう」

「さすが、成金貴族！」

手を繋ぎ、修道女や修道士に見つからないようにして街に繰り出す。

幼少期に安全面を指摘されて食べられなかった、劇場前で販売されているアイスクリームを食べたり、宝飾店を冷やかしたり、ぬいぐるみを買って養育院に届けるように手配したり。

怪しいアクセサリーを売る露店では、レイナートが思いがけない行動に出る。

「ここにある品すべて買ってやろう」

成金のような派手な物言いと買い物に、笑ってしまったのは言うまでもない。

ちなみにこれらのアクセサリーは、養育院に寄付するという。しっかり有効活用するようだ。

そうして街の散策をこれでもかと楽しんだ。

スノー・ワイトが言っていた通り、派手な格好をしていると、逆に注目を集めない。皆、見て見ぬふりをしてくれるのだ。

思っていた以上に、楽しめた。

最後に、高台公園からの夜景を見にいった。夜間は立ち入りが禁止されているようだが、レイナートの知り合いが警備していたので、特別に中に入れてもらった。

街は魔石灯の灯りで、美しく輝いている。うっとり見とれてしまった。

ここでハッとなる。レイナートは夜景を見ずに、私のほうを見つめていたのだ。

「レイナート、ごめんなさい。今日は、わたくしばかり楽しんでしまいました」

「いえ、私も楽しかったです。ヴィヴィア、今日は連れ出してくれて、ありがとうございました」

レイナートは優しく微笑みかけ、私の腰を引き寄せる。

耳元でそっと囁いた。

「今度は、私がヴィヴィアを誘いますね」

「はい」

きれいな夜景を眺めながら、私はレイナートとキスをする。

幸せな気持ちが心の中で輝いたのだった。

番外編その二　ある冬の日のふたり

今日は養育院へ出かける日だった。子どもたちのためにクッキーをたっぷり焼き、暖炉の前で本を読みながら食べようと思っていた。

それなのに、気付いたら子どもたちと一緒にスノーマンを作っていたのだ。

ドレスや靴はびしょびしょ、手は真っ赤という状態で帰ったら、見事に風邪を引いてしまったわけである。

「だから、今日みたいな日は外で遊ばないように、と言っていたのに」

私の寝室にやってきたレイナートが、開口一番、説教をしてくれる。

「昨日の雨で雪のほとんどが溶けかけて、地面は滑りにくくて危ないと話していたでしょう」

「ええ、そうでしたわね」

けれども子どもたちが楽しそうに私の手を引き、遊びに誘ってくれたので、どうしても断れなかったのだ。

「わたくしは体が丈夫だから、平気だと思っていましたの」

レイナートは呆れたとばかりにため息を返す。

「あなたが幼少期に熱を出して、何度私が駆けつけたのか、ご存じないようですね」

「まあ、そうだったのですね」

レイナートは寝台の近くに置いてあった椅子に座り、部屋にあったリンゴを手に取る。器用なもので、リンゴをナイフで丁寧に切り分けると、皮でウサギの耳を作っていた。

「あら、お上手」

「子どもはこうしたほうが喜びますので」

「わたくしは子どもですの？」

「大人の注意を聞けない者は、総じて子どもです」

「レイナート、あなた、わたくしの乳母みたいだわ」

「誰が乳母ですか」

レイナートの手を借りて起き上がる。

薬を飲んだので熱はだいぶ下がったが、だるさが残っていた。

リンゴを手に取ろうとしたが、レイナートが私の口元まで運んでくれた。

「さあ、あ～んしてください」

「レイナート、その、自分で食べられます」

「病人はこちらの言うことに従ってください」

もう一度「あ～ん」と言われたので、今度は素直に従う。恥ずかしいので、自分で食べたかったのだが。

リンゴは甘酸っぱくて、とてもおいしかった。

「皮には栄養がたっぷりありますので、しっかり食べてくださいね」

「飾りではないのですね」

「当たり前です」

昔、そんな話を乳母がしていたような気がする。リンゴは何口かに分けて食べきった。

「まだいりますか？」

「いいえ、もうお腹いっぱいです」

「たった一切れで？」

レイナートに「あ〜ん」をされ続けるのが恥ずかしい、なんて言えるわけがなかった。残りは彼がいなくなったら、ミーナと一緒に食べよう。

再びレイナートの手を借りて横になる。レイナートは私の額に手を当てて、心配そうな表情で顔を覗き込んできた。

「まだ、少し熱があるようですね」

「一晩休んだら、元気になりますわ」

「そうだといいのですが」

レイナートは水を浸したハンカチをよく絞り、私の額に載せてくれる。

冷たくて気持ちがよかった。

そのまま寝かせる作戦なのか、お腹のあたりをぽんぽん叩き始める。今日は徹底的に子ども扱いするようだ。

「ヴィヴィアは、幼い頃、風邪を引いた私の看病に来たことを覚えていますか？」

「そんなこと、しました？」

「やはり、忘れていましたか」

レイナートは落胆したように言う。

「家族は誰も様子すら見ないのに、あなただけが来てくれて、とても嬉しかったのに」

「その、覚えていなくて、ごめんなさい」

おそらく、レイナートが風邪を引いたと聞いて、大急ぎで向かったに違いない。

「あのときのあなたは、本当に健気《けなげ》でした。陛下の看病で慣れているからと、小さな手でハンカチを絞ってくれて。でも、よく絞り切れていなくて、顔全体がびしょびしょになりました」

「まあ！　酷いことをする人もいたものですね」

「ええ。あなたですけれど」

病人の顔を水浸しにするなんて、とんでもない所業である。覚えていたら、いつまで経っても気にしていたかもしれない。

「あとは、体にいいからと、オレンジの皮を食べさせてくれました」

「オレンジの皮って、生のまま？」

「生のままです」

リンゴの皮には栄養がある、という話を勘違いしていたのかもしれない。

「レイナート、ごめんなさい。幼少期のわたくしに代わって、謝っておきます」

「いいえ、どうかお気になさらず。当時の私からしたら、涙を流すくらい嬉しかった出来事でしたので」

「本当に？」

「ええ、嘘は言わないですよ」

とんでもない看病だったものの、レイナートは心から感激していたという。

「いじらしい看病を受けた私は、ヴィヴィア、あなたのために生きようと、決意しました」

大げさな、と一瞬思ったものの、今日、レイナートから看病を受けた私は気持ちがわかってしまった。彼の手を握り、私も言葉を返す。

「でしたら、わたくしもこの先、レイナート、あなたのために生きようと思います」

「ヴィヴィア」

レイナートは私の手を優しく握り返してくれる。ひんやりとした手が、熱を帯びた私にとっては心地よかった。

「そうですわ。元気になったら、あなたにリンゴを食べさせてあげますね」

嫌がるかと思っていたのに、レイナートは満面の笑みを浮かべる。

「楽しみにしています」

悔しいことに「あ〜ん」程度では、仕返しにならないようだ。作戦は失敗だったかもしれない、と後悔する。

「ヴィヴィア、どうかしたのですか？」

「いいえ、なんでもありませんわ」

レイナートには一生勝てる気がしない、と思ってしまった。

一目惚れの呪いにかかっても、王太子とは恋に落ちません
hitomebore no noroi ni kakattemo outaishi toha koi ni ochimasen
Hodumi Presents
ほづみ
Illustration 鶴
女嫌いの生真面目王太子
VS 訳あり借金令嬢
フェアリーキス
NOW ON SALE
女学校の卒業式の日に、王太子アレクシスと一緒に「一目惚れする呪い」に巻き込まれてしまったリーナ。しかし極度の女嫌いな彼は恋に落ちず、代わりにリーナに触れなければ毒に侵される体に！訳あって借金を抱えているリーナは、報酬と引き換えにアレクシスの「毒消し係」として契約を結ぶ。最初は無愛想で冷たいアレクシスだったが――「君にそばにいてほしくてたまらない。君に触れたい。……俺は、君が好きだ」いつの間にか熱く迫られていて⁉
フェアリーキス
ピンク
fairy kiss
Jパブリッシング
https://www.j-publishing.co.jp/fairykiss/
定価：1430円（税込）

偽聖女の取り巻きでしたが
不本意にも
聖女代理やらされています
江本マシメサ
Mashimesa Emoto
Illustration
漣ミサ
聖女代理になったら
怪しい黒騎士がついてきて離れません！
フェアリーキス
NOW ON SALE
国を荒廃させた偽聖女の取り巻きだったイルゼは、現在修道女として清く正しい奉仕の日々。そんな彼女がうっかり聖鳥を手懐けたことで「聖女代理」に任命されてしまった。どうも聖鳥の力で国が立て直せるらしく、その救済の旅に出る羽目に――それも全身板金鎧の怪しい黒騎士リアンとともに。嫌々ながらも各地を飛び回るものの、無口ながらも懸命に支えようとするリアンの気遣いに、イルゼのひねくれた心も次第に解きほぐされていき――？
フェアリーキス
ピュア
fairy kiss
Jパブリッシング
https://www.j-publishing.co.jp/fairykiss/
定価：1320円（税込）

私を嫌い、王家を裏切った聖騎士が、愛を囁いてくるまで

著者　江本マシメサ　

2023年2月5日　初版発行

発行人　藤居幸嗣

発行所　株式会社Ｊパブリッシング
〒102-0073　東京都千代田区九段北3-2-5 5F
TEL 03-3288-7907　FAX03-3288-7880

製版　サンシン企画

印刷所　中央精版印刷株式会社

ISBN：978-4-86669-547-1
Printed in JAPAN